BANDE DE BOUCANS

Immense merci à mon père
pour son aide précieuse.

Avec le soutien du CNL CENTRE NATIONAL DU LIVRE

Loi n° 49.956 du 16 juillet 1949 sur les publications
destinées à la jeunesse : mars 2023
Dépôt légal : mai 2023
Imprimé en France par Aubin Imprimeur
à Ligugé

ISBN 978-2-211-32453-3

Anaïs Sautier

BANDE DE BOUCANS

Le pari d'Enzo

Illustré par Caroline Hüe

neuf

l'école des loisirs

11, rue de Sèvres, Paris 6e

1
Enzo perd sa place

La vie est un chien galeux qui s'acharne sur les innocents : je viens de perdre à pierre-feuille-ciseaux contre mon père qui a toujours été nul à pleurer. Ça fait deux ans que je lui sors le puits et que je l'écrase. D'habitude, on ne parie rien. Mais, cet après-midi, on a parié la meilleure place de l'appartement.

Cela pourrait ressembler à un petit jeu sans importance, mais pas du tout. Car cette place est située au seul endroit où souffle notre ventilateur cassé : le milieu de notre canapé. Pour être sûr de toujours m'asseoir là où il faut, j'ai fait une tache de sauce samouraï.

Ma défaite est terrible pour deux raisons.

Petit un : personne n'aime perdre.

Petit deux : ici, à Marseille, il fait 43 °C à l'ombre. Aujourd'hui, 30 septembre, sept jours après le début de l'automne, on étouffe encore. Cette chaleur sadique me suit partout où je veux aller : aux toilettes, sous la douche, dans le lit, partout.

Je m'assois par terre et, privé d'air ventilé, je deviens liquide. En trois secondes, je ressemble à une patinoire humaine attaquée par un sèche-cheveux.

– Allez, Enzo, ne fais pas la tête. À douze ans, on n'est plus un gros bébé boudeur.

C'est vrai, mais, quand même, une question me taraude :

– Tu peux m'expliquer comment tu as gagné, toi qui te crashes tout le temps ?

– Dans pierre-feuille-ciseaux, il n'y a pas de puits, dit-il en reniflant.

Pas faux.

– Et tu as mis deux ans à t'en apercevoir ? je réponds, vexé comme un pou.

– Monsieur K m'a expliqué que jouer le puits est aussi facile que tirer un penalty sans gardien…

Monsieur K est notre voisin et le grand ami de mon père. Dans le temps, il l'entraînait au foot. Aujourd'hui, il s'occupe de l'équipe de poussins du quartier : les Petits Boucans. Son équipe de minuscules footballeurs tout nuls s'entraîne au City stade, juste au pied de l'immeuble. Tous les samedis matin, dès 10 heures, on l'entend brailler.

« Mais vas-yyyyyy, Souleiman, tire, tire, tire, arrête d'avoir peur de ton ombre ! »

« Léandro, nom d'une pipe en bois, contrôôôôôôle le ballon, contrôôôôôôle ! »

Et mon préféré :

« Dynamiiiiiique et dans l'axe, dynamiiiiique ! »

Rien que sa voix, qui résonne dans tout le quartier avant le lever de soleil, je ne l'aime pas. Mais le coup de pierre-feuille-ciseaux, je ne peux pas lui pardonner… Monsieur K va me le payer. Je vais lui voler son chien Zizou, chihuahua chétif qui aboie dès qu'on lui passe à côté. Après l'enlèvement, s'il a de la chance, je le déposerai à la SPA.

Ce chien, y a rien de pire sur terre. Il a une haleine de toilettes publiques, le poil filasse et il est méchant. Tout le monde l'adore dans le quartier parce qu'il s'appelle Zizou. La vie, ça tient à rien.

Moi, j'ai été baptisé Enzo, prénom de Francescoli, un joueur uruguayen dont la classe n'a pas d'égale.

Le foot, j'aime ça, mais c'est ceux qui y jouent que je déteste. Franchement, quand vous rencontrez un imbécile, il y a deux chances sur trois qu'il soit footeux. Sauf évidemment mon père. Mon père, le foot, c'est sa vie, et lui n'est pas débile. Ça s'appelle l'exception qui confirme la règle. Dans sa jeunesse, il a joué en équipe B de l'Olympique de Marseille, au poste de gardien. Je n'ai jamais osé lui demander ce qui s'était passé après sa jeunesse, mais ce qui est sûr, c'est qu'il ne joue plus au foot, et qu'il déteste en parler.

Peut-être qu'un mec plus fort est arrivé, ou alors qu'il s'est blessé.

Bref, il est peintre en bâtiment et pas gardien professionnel. Résultat, notre ventilateur ne pivote plus depuis cent ans et on n'en achète pas d'autre parce qu'un peintre en bâtiment ne gagne pas des fortunes. Mais pour se rappeler combien c'était bien de jouer au foot, il regarde tous les matchs. N'ayant rien de mieux à faire, je les regarde avec lui.

La pendule sonne 15 heures, un « grand » match va commencer quelque part dans le monde. Et ce match peut compter sur nous pour le regarder. Papa attrape la télécommande et deux commentateurs apparaissent à l'écran. Carrés comme des compteurs électriques, un accent du Sud-Ouest à couper au couteau, cela ne fait aucun doute : ces deux hommes sont d'anciens joueurs de rugby.

Soudain, malgré l'air frais qui inonde sa

figure, papa transpire plus que moi. En bon zinzin, il zappe sur toutes les chaînes mais ne trouve aucun match de foot à visionner. Bah, allons-y pour le rugby, susurre-t-il dans un filet de voix.

En vrai, je n'ai pas d'autre choix que de rester ici, parce que ma mère travaille le samedi et que mon seul pote au monde, Farid, surnommé Fafa l'embrouille, est parti à Nice avec ses cousines.

Quand même, j'ai mes limites.

Le rugby est ma limite.

Un jour, j'ai chronométré le temps que passent ces gars à attendre qu'on siffle pour qu'ils se remettent à jouer. La réponse est : beaucoup trop de minutes*. À côté, les matchs des Petits Boucans de monsieur K, c'est *Avengers*, tellement il se passe des trucs. Il faut que je bouge de chez moi, sinon je vais mourir d'ennui.

Je me lève à la recherche d'un truc passionnant à faire (arroser les plantes, classer les chaussures par couleurs...) quand j'aperçois une belle pièce de 2 euros briller sur la table de la cuisine. C'est la pièce que ma mère laisse pour le pain quand elle part travailler le matin. Je la fourre dans ma poche pour m'acheter une glace. Si elle me demande ce qui s'est passé, je dirai qu'il n'y avait plus de pain, qu'il ne restait que des glaces à l'eau

* Vingt-quatre minutes, soit presque un tiers du match.

chez *Momoprix*, l'épicerie du bas de la rue. Comme je ne suis pas un chien galeux, je propose à mon père :

– Je descends chez *Momoprix*. Tu veux quel parfum, pap' ?

Aucune réponse, il vient de s'endormir.

2
ÇA FRAPPE (MOU) À LA PORTE

Au moment précis où je pose ma main sur la poignée de la porte d'entrée, quelqu'un frappe chez nous.

Bizarre. Super bizarre. Bizarre comme y a pas, cette simultanéité. Jamais personne ne vient chez nous l'après-midi. Monsieur K passe chercher papa tous les matins pour boire le café, mais il est 15 h 09.

Je colle mon front à l'œil-de-bœuf, le petit truc rond collé au milieu de la porte qui sert à voir de l'autre côté. Je retiens mon souffle pour qu'on ne capte pas que je suis en train d'observer le couloir.

J'aperçois cinq ou six grosses rayures qui gâchent le spectacle. Je peux quand même deviner que la personne est un être humain de taille ni grande ni petite. Tout en haut, je distingue une tête avec des cheveux courts, et tout en bas, des mollets qui dépassent d'un short. Ça exclut ce traître de monsieur K, qui est chauve comme un œuf. En plus, il ne porte que des pantalons épais, couleur militaire.

La personne toque très mou puis reste sur le paillasson sans bouger.

La France vient de se prendre un nouvel essai contre l'Irlande.

Je déteste les surprises, mais je n'ai vraiment rien de mieux à faire qu'ouvrir.

Allez…

– Wesh, collègue, dit Ilyès.

Collègue ?

Chez nous, à Marseille, un collègue est un copain.

Ilyès n'est pas exactement mon copain. Un mètre soixante d'agressivité et le physique d'un teckel à la verticale, ce type est plutôt mon pire cauchemar. À part le diable ou le prof de maths qui aurait découvert que je triche à tous les devoirs, je n'aurais pas pu tomber sur pire.

Ilyès est le fils de la meilleure copine de maman, Khadija. Ils habitent la porte à côté. Ce n'est pas une expression, ils vivent vraiment sur le même palier que nous. Ma chambre est collée à leur salle de bains et je les entends s'embrouiller la face quand quelqu'un a fini la bouteille de shampooing.

Nos mères ont essayé douze mille fois de nous faire traîner ensemble, sans succès. Je vous épargne les détails, mais la dernière fois qu'on a joué à la PlayStation, il a cassé la manette en la jetant par la fenêtre. Une passante a failli se la prendre sur la tête. Elle aurait pu mourir, et franchement, c'est injuste de décéder d'un truc aussi drôle. J'ai engueulé Ilyès, et, comme je suis plus costaud que lui, il a marmonné « pardon ». Depuis ce jour, on n'est plus obligés de se parler.

La sienne de mère se plaint qu'il soit toujours fourré au City stade. Mais le City est juste au pied de notre immeuble, il n'y a qu'à se pencher pour savoir ce qu'il fait. De la fenêtre de ma chambre, j'entends crier tous les gars du quartier. Qu'ils tapent dans le ballon, qu'ils se démarquent, qu'ils mettent des buts, qu'ils ratent : ils braillent.

Ce que je fais, c'est que je ferme la fenêtre. Les footeux, ils ont un QI d'huître malade et ils passent leur vie à s'insulter. Celui qui rate une action en entend parler pendant huit ans. Même moi qui ne traîne qu'avec Fafa, je sais qui a pris un tacle bien sale ou un petit pont au City. Tout le quartier le sait. Le pire, c'est qu'ils sont tous persuadés qu'ils vont devenir Maradona. La réalité, c'est que seulement 0,000001 % y arrivera. Et encore, je suis optimiste.

– Qu'est-ce que tu fais là, Ilyès ?

Silence.

Ilyès ne dit jamais rien. C'est comme si ça

le brûlait à l'intérieur, ses mots ne veulent pas sortir. Il faut toujours deviner. Comme je ne sais vraiment pas ce qu'il fait là, je suis obligé d'attendre quarante-sept secondes avant qu'il articule :

– Avec Ali, on parie que tu ne viendras jamais jouer au City.

Pour une fois, on est d'accord.

– Bien joué, je réponds en refermant la porte sur sa tronche.

– Non, non. On parie avec toi que tu ne viendras pas. 30 euros.

Au fond de moi-même, je préfère embrasser Zizou (le chien) sur la bouche que jouer au foot avec ces deux cinglés. Mais à la surface de moi-même, j'ai envie de gagner ces 30 euros.

Je mets du temps à répondre, je pèse le pour (être riche de 30 euros), et le contre (la flemme). Finalement, je rouvre la porte.

– Ali dit que tu claques des fesses, ajoute Ilyès.

Hein ?

Ali ?

Mes fesses ?

Quoi ?

– Comment ça ?

– Claquer des fesses, ça veut dire que t'as peur. Comme si tes fesses, elles tremblaient.

Ali est l'acolyte d'Ilyès. Je ne sais pas lequel des deux est le plus con, mais il y a match à l'issue incertaine. Sûrement Ali, car lui, il parle beaucoup, tout le temps. Plus on déblatère, plus on risque de dire des conneries. Avec lui, le risque est maximal, alerte rouge, déferlement de stupidités. Et son rire de hyène n'arrange rien. Quand il ne parle pas, il fixe.

– Et pourquoi j'aurais peur ?

– Parce que t'es nul, il répond avec ses gros yeux de poisson.

C'est là que ça devient drôle.

Je ne suis pas nul, mais ils ne le savent pas. Tous les étés, chez mémé chou, on joue au foot avec mon père. On passe nos journées entières avec mes oncles, mes cousines, mon cousin et les gars du village à s'affronter sur le grand terrain. Le village, c'est comme Belsunce, il n'y a rien d'autre à faire que jouer au foot et manger. Mais ici, papa et moi, on ne joue jamais. Même le match pères-fils organisé par la marque Puma, on n'y a pas mis un orteil malgré les demandes de monsieur K. Papa dit qu'il ne touchera plus jamais un ballon à Marseille. Papa dit que je ne toucherai jamais un ballon à Marseille.

Aujourd'hui, c'est différent pour moult raisons.

Petit un : 30 euros sont en jeu.

Petit deux : chez *Momoprix*, des ventilos triple turbo Mistral viennent d'arriver, et ils coûtent 29,99 euros.

Petit trois : Ali est peut-être plus fort que moi, mais je suis moins nul qu'il ne le croit.

Petit quatre : je n'ai pas besoin de gagner pour empocher le pactole, juste de descendre.

– Je claque de nulle part, bande de pingouins, je lui réponds.

– Ça veut dire quoi ?

– Que tu viens de perdre 30 euros. J'arrive.

3
L'OURS ET LE SERPENT

Alors qu'il passe sa vie à s'avaler des Capri-Sun multifruits et des Kinder, Ilyès est sec comme un haricot. Il est aussi très rapide. En un quart de seconde, on arrive au stade.

Depuis l'inauguration, je n'y suis jamais venu. Ce jour-là, on était en CM2 et un mec bien habillé parlait dans un micro. On nous a dit qu'il était le chef des sports du département des Bouches-du-Rhône. Il répétait « notre quartier », mais ça se voyait à ses mocassins qu'il ne venait pas d'ici. Il a dit aussi qu'on pouvait obtenir de bons résultats dans des équipements « modestes ». J'ai compris direct que, pour lui, « modeste » voulait dire « pourri ».

Ce terrain est très petit, mais tout autour il y a un terrain de basket et un muret pour que les spectateurs insultent les joueurs. Le seul truc chouette, c'est les figuiers dont les branches dépassent jusque sur le terrain. Le gros tag BELSUNCE, sur le mur de pierre, il n'est pas mal non plus.

Ici, à Belsunce, enfin, dans notre quartier, il n'y a pas de place. Ce n'est pas pour rien que tout le monde roule à scooter et pas en voiture. Il n'y a qu'en deux-roues qu'on peut slalomer entre les pigeons et les poubelles.

En vrai, ça m'arrange ce terrain riquiqui, l'endurance n'est pas mon fort. Sur une grande pelouse, ce serait perdu d'avance.

En plein centre du synthétique, Ali fait des jongles. Il continue sans nous saluer, puis pose sur moi ses yeux noirs et son sourire de serpent à sonnette :

– Alors, t'as réussi à ramener le vieil ours ? s'esclaffe Ali.

Dans le quartier, je suis surnommé *le vieil ours*. L'expression vient d'une poésie apprise l'année dernière qui raconte la vie bien modeste d'une bête qui refuse de sortir de chez elle. Je vous divulgue la fin car vous perdriez votre temps à la lire (elle est nulle) : l'ours finit par mourir de faim. La morale, c'est que sortir de chez vous et vous faire des amis peut vous sauver. (Je vous avais prévenus que c'était nul.)

Quand on a leurs tronches de brouillard, on n'est pas autorisé à donner des surnoms aux autres. Mais bon, ils sont doués au foot et ils ont sûrement déjà embrassé des filles, donc c'est les vedettes du quartier.

Avec des gars pareils, la meilleure défense, c'est l'attaque.

– Bon, Ali, tu crois que je suis venu pour arroser le terrain ? Passe la balle au lieu de jacter.

Ali me fait une passe.

J'ai deux possibilités : jongler à mon tour ou la renvoyer.

Je sais jongler, c'est une question d'entraînement.

Hop, faire décoller la balle du pied, et ensuite frapper ni trop fort ni trop mou. Mais je ne vais pas leur révéler mon petit secret tout de suite.

Je pose mon pied sur le ballon. Plat du pied, sécurité, c'est la base du foot, avant de renvoyer : on immobilise la balle. Mes semelles sont tellement usées que je sens les coutures du ballon.

Je me décale un peu et je passe à Ali.

Le ballon arrive à destination et me revient en un quart de seconde.

Ali porte le surnom de *coyote*, ce type est d'une rapidité extraordinaire. Il doit s'attendre à ce que je la lui rende en tirant avec la pointe du pied*. Or, taper avec le bout du pied n'en-

* Les pointus ne sont pas précis.

traîne que des ennuis. Le ballon part vite, fort et dans n'importe quelle direction.

Je renvoie proprement tous les ballons et on se fait des passes. Le ballon fait des bruits secs. Quand il frappe, Ali change d'attitude. Ses yeux sont plissés, et son regard balaie le terrain. L'habitude de distribuer le jeu, de ne penser qu'au foot.

Je pourrais demander mes 30 euros et repartir, mais j'ai bien envie de continuer. Histoire de passer de la catégorie « vieil ours » à « pas mauvais en foot ». Ilyès est concentré, rapide, mais surtout très concentré. Pourtant, même à la PlayStation, je ne l'ai jamais vu faire attention à ses actions.

D'un coup, ça accélère et les passes d'Ali deviennent plus appuyées. Plus rapides, plus brutales, elles ressemblent étrangement à des tirs.

De mon côté, toujours aucune erreur sur mes contrôles, je renvoie vite, j'essaie de les déborder, de frapper un peu plus loin, un peu plus profond.

J'accélère le jeu.

Ali ne se laisse pas démonter. Il réplique avec des boulets de canon qui m'arrivent dessus à toute puissance. Mais je suis la balle des yeux comme si ma vie en dépendait.

Ça accélère encore, le triangle que nous formons s'agrandit et se déforme. Soudain, avec la pointe du pied, Ali tire vers les filets. Pas dans les buts, il l'envoie dans les filets tendus au-dessus de nos têtes et qui empêchent les ballons d'atteindre les mouettes. On entend les mailles du filet retomber. Le ballon rebondit cinq fois et Ali crache par terre avant de le récupérer.

– Tu te sens bien ? je demande.

– Et toi, tu te sens bien ? il me répond, vénère comme le tonnerre.

– Oh oui, ça va, tranquille. Et toi, t'es sûr que ça va ?

– Pareil.

Je n'ai jamais vu Ali aussi énervé.

Ce qui l'énerve, c'est que je sache jouer.

BELSUNCE

Dommage pour lui, je vais rester un peu. Les mains dans les poches, je fais le tour du terrain. Le terrain est ouvert à tous. Une pancarte a été vissée sur le mur, à l'inauguration :

ICI, C'EST CHEZ TOI

Au milieu du terrain, en se mettant sur la pointe des pieds, on aperçoit le toit de notre ancienne école primaire. Ça me pince un peu le cœur car j'étais bien content là-bas, même si j'avais l'impression que c'était le bagne.

– Tirs au but tout de suite, crie Ali en se dirigeant vers les cages vides.

4
C'EST QUI, LA REUSTA ?

Je reste immobile à regarder le toit de l'école. Ça fait remonter plein de souvenirs. La directrice qui disait tout le temps « Ça va barder » mais ça ne bardait jamais, la grève de la cantine et les sandwichs dans la cour, Rose, ma copine, qui est partie dans un collège payant et que je ne vois plus jamais.

Je pourrais continuer mille ans à penser à mon école, mais Ilyès m'interrompt :

– Allez, Grizzli, on fait des tirs au but, casse pas les c…

Moi, je viens de nulle part, j'ai un seul pote

et une réputation de miskine*, mais je n'aime pas qu'on me cause sur ce ton. Ni qu'on m'ordonne des choses. Alors je lui réponds un truc pas sympa avec beaucoup de vulgarité dedans et je m'en vais.

J'ai gagné 30 euros et un nouveau surnom. *Grizzli*. Bien plus effrayant que *vieil ours*.

Une voix me rattrape :

– Mais vas-y, reste, steuplé, demande Ilyès.

– Et pourquoi je resterais ?

– On se fait des tirs au but, on te file les 30 euros, et on ne se revoit plus jamais, dit Ilyès.

Record du monde de mots prononcés par ce gars.

– On va se revoir lundi au collège et sûrement même ce soir dans les escaliers de l'immeuble, je dis.

– En vrai, frère, t'es pas mauvais, lâche Ali.

* « Miskine » = « victime ».

Franchement, recevoir des compliments d'eux deux, c'est presque aussi agréable que se baigner dans l'eau fraîche par 43 °C.

Je vois bien qu'ils sourient en me regardant. Ce n'est pas le soleil dans leurs yeux, ce n'est pas une grimace, c'est un sourire. Ils ont envie de jouer avec moi.

– OK, mais je ne vais pas au goal, je vous préviens.

Le goal, c'est le bizutage, je n'ai pas envie de finir en steak haché ou de me prendre le ballon en pleine poire.

Ilyès va dans les buts.

Ali tire le premier.

Il en tire dix et en rentre environ deux sur trois.

Il en fait de toutes sortes : lucarne, ras le sol, ras du poteau.

Et même panenka.

À un moment, son téléphone sonne. Un chant de supporters en tribune résonne dans le silence.

Nous les champions d'Europe,
Nous les Marseillais,
Tous pour la victoire ensemble il faut chanter,
Tout le virage sud, unissons nos efforts,
Combattre pour l'OM à la vie, à la mort.

Ilyès reste où il est et fixe son pote qui s'éloigne.

– Bah, vas-y, frère, tire toi aussi, me dit Ilyès.

Je regarde les fenêtres de l'immeuble juste au-dessus, et, à part monsieur K qui fait semblant d'arroser ses plantes, personne ne me regarde.

– Allez, OK.

C'est la première fois que je tire à Marseille. J'utilise la même technique que chez mémé chou : un peu d'élan, jambe d'appui bien rigide, en mode convocation de tous mes muscles, pied tendu contre le ballon et frappe.

La balle décolle un peu de la pelouse et je marque.

C'est un moche but que n'importe quel

gardien réveillé aurait pu arrêter. Ilyès n'a même pas tendu un bras, ni fait un pas vers la gauche où j'ai tiré. Il n'a pas défendu ses cages.

– Quel poste de merde, goal… dit-il.

OK, on ne va pas se mentir, si le gardien refuse de défendre sa cage, c'est un but cadeau. Je poursuis et j'en envoie plusieurs au fond des filets. Ilyès est aussi efficace qu'une silhouette de gardien en carton. Il n'essaie même pas d'attraper la balle quand je frappe mou et facile. Il évite même le ballon. Comme si être gardien allait le rendre malade ou lui foutre la honte.

Ce mec n'a aucun honneur. C'est encore pire que ce que je croyais.

– OK, les gros, on fait une pause, dit Ali qui vient de revenir.

(Ici comme partout, on dit *les gros*, même quand les gars ne sont pas gros.)

Je n'aime pas les ordres d'Ali, mais j'ai soif.

Sur le petit muret, une fille est assise. C'est

Solée, elle est en cinquième dans notre collège et habite l'immeuble de Fafa de l'autre côté de la Canebière, à Noailles. On passe devant elle sans rien dire alors qu'elle nous regarde en ouvrant des yeux de lémurien (grands et ronds comme des billes).

Pour faire le mec occupé, je lis le panneau trois fois : « Contre les insolations : hydratez-vous ! Buvez au point d'eau ! » Tu parles d'un point d'eau, c'est un tuyau planté dans le béton avec un robinet hyper dur à ouvrir.

En file indienne, chacun son tour, on boit comme des chameaux en plein désert. En faisant des gros bruits d'évier quand on déglutit.

– Je peux jouer ? demande Solée.

Personne ne lui répond. Pour éviter de lui parler, on continue à boire alors qu'on n'a plus soif. Le ventre plein d'eau, je finis par dire :

– Ouais, OK.

Elle se lève du muret. Elle est grande et maigre. Son tricot de basket en tissu aéré la

rend encore plus grande et maigre. Si je ne détache pas mon regard de son habit bizarre, elle va remarquer que je la regarde. D'ailleurs, je commence à la trouver…

Pas le temps de finir de penser qu'elle est jolie que je reçois de l'eau en pleine tronche.

Solée a mis le pouce au niveau du jet d'eau pendant que je la regardais.

Et elle continue, et je suis couvert d'eau. Pourquoi fait-elle ça ? Peut-être parce que je la regardais (les filles détestent qu'on les regarde trop longtemps, il faut être rapide). Ou alors pour faire une blague (pas drôle).

Ça éclabousse, ça jaillit en grosses gerbes d'eau. Personne ne réagit, ni pour s'essuyer ni pour l'engueuler. Ali est figé comme une statue. Et Ilyès a la même tête de merlan frit que d'habitude. On est tous les trois trempés.

Finalement, Solée attrape le ballon et rejoint le terrain.

– Bon, on continue les tirs au but ? elle demande.

Je ne sais pas trop pourquoi, sûrement l'effet de l'eau fraîche qui me gèle le cerveau… mais je m'installe au goal.

– Je peux y aller, si tu veux, dit Solée. Pas la peine de te sacrifier pour la fille, on n'est pas dans un Disney.

On peut encore faire quelque chose de gentil dans ce pays ?

J'ai bien le droit d'aller au goal, non ?

Évidemment, je ne dis pas ça :

– Ça ne me dérange pas, je réponds. Mon père, il était gardien de l'OM.

Elle se met à battre super vite des paupières et je suis presque sûr que ça veut dire qu'elle s'en fout pas mal.

Chez mémé chou, j'ai déjà été goal et je m'en suis correctement sorti. Certes, au village, les buts ne sont pas délimités et on ne compte jamais trop les points, mais c'est toujours ça de pris en termes d'entraînement.

Au village, on appelle nos matchs du foot plaisir, personne ne chambre personne, et c'est pour ça que j'aime y jouer. Là, on s'apprête à faire l'inverse : le foot humiliation.

Heureusement, Ilyès tire le premier. J'essaie d'arborer la tête de celui qui a fait ça toute sa vie mais j'ai peur.

Il frappe dans l'angle droit et je plonge. Elle est dedans mais j'ai plongé.

Ensuite, Ali entre en scène et son premier tir m'arrive dans les bras. Il ne s'est pas concentré. Il le fait pour m'humilier…

Quand vient le tour de Solée, elle frappe de manière très précise mais aussi très prévisible. Avant d'y aller, elle a regardé l'endroit qu'elle visait. Je l'arrête.

Deux sur trois.

Deux sur trois, je crois que c'est pas mal.

Une fois, deux fois, dix fois, les mecs et Solée tirent.

J'en arrête beaucoup. Pas tous mais pas mal. Ça pourrait être Zizou (le vrai) ou le roi d'Angleterre en face de moi, ça ne changerait rien. Tirer dans le but ou me tirer dessus, c'est pareil. Je fais barrage de mon corps. Avec les pieds, les mains, les coudes. Je transpire de partout, je dois ressembler à une serpillière en bout de course.

Quand Solée marque, elle se réjouit et elle crie : « C'est qui la reusta, frère ? »

Mais pas Ali. Ali, il est trop fier pour être content quand il plante un but. Montrer de la joie, ça voudrait dire qu'il a du respect pour le goal.

5
« Ici, c'est (pas) chez toi »

Bigsam, la vedette du quartier, vient d'entrer au City. À sa dégaine, à la tête de mort tatouée sur son biceps, on se doute qu'il ne vient pas pour partager le terrain. Sur ce terrain, ça se termine toujours de la même manière : les plus grands, les plus forts vous délogent. Ici, c'est la loi de la jungle. Même monsieur K, alors qu'il est vieux, policier et retraité, il doit entraîner ses poussins à 10 heures du matin pour ne pas se faire virer du stade.

Bigsam est flanqué de deux autres mecs : un grand et un petit.

Ce serait le bon moment pour qu'Ali ou Solée proposent de me remplacer aux buts.

Mais non, personne ne fait le malin et on prolonge avec moi comme gardien. La chance est de mon côté et j'arrête leurs frappes.

Les trois blaireaux sautent par-dessus la rambarde et envahissent notre terrain. Pas bonjour ni rien, ils arrivent en mode ninja, comme s'ils étaient chez eux et qu'on était des squatteurs.

– Merci de votre participation, les poussins, mais l'entraînement, c'était à 10 heures avec l'autre cinglé d'entraîneur, dit Bigsam.

Voilà pourquoi je déteste cet endroit, ce quartier, ce collège et la terre entière : il y a toujours un moment où tu perds la meilleure place.

Ilyès et Ali s'en vont, les épaules basses. Leurs bras ont l'air de peser trois tonnes.

Solée avait déjà les joues cramoisies par l'effort, mais elles ont viré couleur cerise pourrie. Alors que ça n'a pas l'air de lui plaire de se faire virer, elle s'exécute comme les deux autres.

Je vais devoir repartir avec elle, y a rien à discuter, on le sait tous…

– Non, pas toi. Toi, tu restes. On a besoin d'un gardien, me dit Bigsam avant de lâcher un gros mollard au sol.

Moi ?

Quoi ?

Gardien ?

Impossible, absolument impossible.

– Non merci, c'est très gentil, mais je vais rentrer, je murmure avec ma meilleure voix de miskine.

– En fait, c'est pas une question, mon gars, tu restes, dit Bigsam. Appelle ta mère pour lui demander de te garder une assiette.

Je vais lui dire ce que je pense à ce débile qui se prend pour Scarface.

Déjà, c'est pas ma mère qui cuisine, c'est Findus.

Ensuite, à moi, personne ne donne d'ordres.

Donc tu vas devoir te trouver un autre gardien.

1, 2, 3, je me lance, je connais mon texte :

– Je ne peux pas rester car c'est son anniversaire, à ma daronne. Elle va être déçue, je marmonne comme un gros martyr que je suis.

– Quoi ? Tu peux répéter ? s'énerve Bigsam en plissant son visage.

– C'est bon, laisse-le partir, répond le plus petit avec un accent pas marseillais.

Dans toutes les bandes, il y en a un qui hésite entre le camp des victimes et celui des méchants. À coup sûr, c'est ce gars-là. Soit il est plus jeune que Bigsam, soit il a eu une croissance très radine... En tout cas, il a l'air d'avoir de l'influence sur Bigsam car je peux quitter le terrain sans embrouille.

Quand je pousse le portail vert, je découvre que Solée m'a attendu.

– Ils sont partis, les deux autres ?

– Ouaip, et en courant, elle me répond en rigolant.

Bon, il ne fallait pas que je m'attende à

repartir avec mes 30 euros. J'irai voir Ilyès ce soir. Et puis, tant mieux, ça me procure un petit plaisir et une petite douleur d'être seul avec Solée. Je ressens des pincements agréables derrière les genoux et, en même temps, j'ai envie de partir.

– Ça va ? Ils t'ont pas trop enquiquiné ? elle me demande.

Enquiquiné ?

Même les potes de mémé chou n'utilisent plus ce mot.

Avec le foot que je viens de faire, je n'ai pas l'énergie de faire des blagues intelligentes pour me moquer d'elle.

– Non, t'inquiète, je leur ai dit ce que je pensais.

– C'est-à-dire ?

– À moi, personne ne parle mal.

Comme elle ne répond rien, je ne peux pas savoir si elle me croit ou si elle comprend que c'est du flan.

À l'horloge verte de la pharmacie face

au stade, il est 20 heures. Solée, ça l'intéresse beaucoup, car elle fixe les chiffres.

– Tiens, il est 20 heures, elle me dit.

– Et qu'est-ce que ça fait ?

– Mes parents vont m'étriper si je rentre trop tard. Allez, salut, à… bientôt.

– Ben… à lundi.

– Lundi ?

– C'est que… on est dans le même collège. Je suis le pote à Fafa l'embrouille.

Elle me regarde de la tête aux baskets assez longtemps et elle répond :

– Ah ben oui, c'est vrai.

Mais je ne sais pas pourquoi, je sens qu'elle ment. C'est facile à repérer car ses yeux regardent vers la droite et j'ai appris sur internet que ça signifie que la personne ment.

Je la regarde jusqu'à ce qu'elle disparaisse. Elle slalome entre les voitures, les emballages de Capri-Sun aplatis sur les trottoirs et, à l'angle de la rue Tapis-Vert et du cours Belsunce, envolée Solée.

6
Le grand incendie

Y a pas que Solée qui est « attendue pour dîner ». Chez nous, le samedi, c'est lasagnes surgelées. Je n'ai jamais mangé de lasagnes non congelées mais je suis certain qu'elles ne sont pas aussi bonnes que celles de chez *Momoprix*.

Évidemment, Momo ne les fait pas lui-même, il choisit juste la marque. Momo, il est très fort pour choisir les marques des trucs. Comme son magasin est situé sur le chemin de la maison, en face de l'école et à côté du kebab qui s'appelle *Kebab de ouf*, je m'arrête pour acheter les glaces à l'eau.

Chez lui, on trouve de tout. C'est la caverne

d'Ali Baba, des pastèques sucrées à 80 centimes le kilo, des Kinder Bueno chocolat blanc et surtout des glaces à l'eau aux goûts de folie : pastèque (ma préf'), citron, Coca, pêche, Malabar, tropicool…

À peine rentré chez lui, j'ai déjà mal à la tête. Momo, il écoute du raï à fond les ballons et il fume la chicha goût vanille. Ça sent bon mais c'est louche comme odeur.

– Salut, fils.

– Salut, Momo. Je voudrais trois glaces à la pastèque.

Une pour mon père, une pour ma mère et une pour moi.

Momo se tourne vers son frigo géant et il me dégotte les trois glaces.

Grâce à sa lenteur et à sa musique volume 47, j'arrive à lui gratter deux chewing-gums sur le présentoir. Ça marche à tous les coups. Le temps qu'il tende sa main vers la droite pour attraper un sac plastique, les deux chewing-gums sont dans ma poche. Momo, il doit s'en foutre qu'on le vole. Sinon, il placerait ailleurs les trucs que tout le monde a envie de chourer.

– Ça va, on te dérange pas, jeune homme ? tonne une voix derrière moi.

En une seconde, malgré le ventilo Mistral turbo flambant, je me couvre de sueur. Mon heure a sonné. Depuis huit ans que je vole des bonbons à Momo, la police m'a enfin pincé. La main du policier se pose sur mon épaule et me tire vers l'arrière. Je vais finir en prison pour deux chewing-gums qui perdent leur goût au bout de trente secondes.

Je me retourne en priant Dieu (n'importe lequel : celui des juifs, des musulmans ou de mémé chou, je m'en fous) d'être chouette avec moi.

Quand j'ouvre les yeux, je découvre monsieur K avec sa saloperie de chien qui me regarde de travers. Son visage est plein de rides affreuses, on dirait une momie plus effrayante que tous les flics du monde.

En dévoilant à papa les règles du pierre-feuille-ciseaux sans puits, monsieur K a déjà bien gâché ma journée, mais là, c'est le pompon !

– Tu veux un truc ? demande Momo à monsieur K.

Je retiens mon souffle. J'espère vraiment qu'il ne va pas me balancer parce que j'adore voler chez Momo et que, s'il l'apprend, je ne pourrai plus jamais le faire.

– Non, non, je cherchais juste Enzo, dit-il en posant vingt centimes sur le comptoir.

– OK, salut les gars, articule Momo.

On sort tous les trois (enfin, si on compte le chien).

J'avance très lentement. Mon corps me fait affreusement souffrir.

Ça tire de partout dans les mollets, les jambes et le ventre.

À mon avis, c'est une insolation ; je n'aurais jamais dû sortir de chez moi.

Ça fait mal à l'intérieur mais ça se voit aussi à l'extérieur.

L'incendie dans mon corps me rend très crispé, niveau démarche.

– Mon gars, tu marches comme un gastéropode anémié, se moque monsieur K.

Comme je ne dis rien et que monsieur K ne se demande jamais si ce qu'il raconte vous intéresse, il se met à m'expliquer ce qu'est un gastéropode. (En gros, gastéropode = escargot.)

Il aurait pu me dénoncer et il ne l'a pas fait, alors, pour lui faire plaisir, je lui demande ce que veut dire *anémié*. Les vieux dans le genre de monsieur K (en fait, tous les gens à partir de treize ans) adorent qu'on leur demande de nous expliquer des choses.

Le voilà qui sourit de ses dents momifiées et qui me dit :

– Ça veut dire manquer de fer dans le sang.

– Super.

Une fois devant la porte de chez moi, je lui dis bye-bye.

– OK, bon, merci m'sieur K, bonne soirée.

– Je n'en ai pas fini avec toi, dit monsieur K

avec l'air de celui qui pense qu'il vous fait peur.

Zizou pue à dix kilomètres à la ronde et j'ai bien envie de rentrer chez moi.

– Je vais aller faire un tour tout seul au Vieux-Port, je dis avec l'air de celui qui n'a pas peur. Allez, salut, m'sieur K. Merci pour les vingt centimes.

Cet idiot de Zizou se met à grogner.

– Mec, je vous ai vus jouer.

Mec ?

On n'a pas trié les petits pois ensemble, comme dirait mémé chou.

– Pardon ?

– Oui, je vous ai vus depuis mon balcon. Et laisse-moi te dire que je suis fier, fils : t'es un super gardien et l'autre saucisson, ce voyou d'Ilyès, est un buteur excellent. Il est pas physique, mais il a la niaque. Si tu savais le nombre de joueurs physiques mais sans mental que j'ai connus… Le troisième qui rit comme une bête sans poumons est exceptionnel. Mais toi, fils, t'as le même talent que ton paternel… Vous m'aviez caché ça tous les deux…

– Oui, super, m'sieur K, on en parle un autre jour, je dis en essayant de me tirer loin de lui.

– Moi, je pense que t'as ça dans la peau, de garder les cages. C'est génétique.

Jamais de ma vie je serai gardien.

Regardez-moi bien, c'est le pire poste du monde. Passer sa vie à attendre qu'il se passe un truc horrible pour vous (un but), ce n'est pas une vie. C'est tellement pourri d'être gardien qu'Ilyès n'a même pas voulu défendre sa cage… C'est tellement pourri que mon père est traumatisé d'avoir un jour été gardien et qu'il ne le raconte jamais à personne en dehors du village pour ne pas se faire chambrer.

Au quartier, j'ai rencontré plein de fous professionnels, mais jamais un assez fada pour vouloir être gardien. Gardien, c'est la punition.

– Non, ce n'est pas génétique. J'ai eu de la chance, ils ont tous tiré comme s'ils avaient deux pieds gauches.

– Je n'y crois pas une seule seconde, fiston. Pourquoi tu t'es mis aux buts ?

Pour Solée. Pour éviter qu'elle y aille. Parce que j'avais envie qu'elle reste. Si elle avait été désignée goal, elle serait partie. Je voulais voir comment c'était, de traîner avec une fille. Depuis ma naissance, je ne traîne qu'avec Fafa. En vrai, je n'ai presque jamais parlé à une fille qui n'était pas ma cousine.

– D'ailleurs, la fille habillée en mec, là, elle est forte. Faudra lui dire de sourire quand même.

– Elle n'est pas obligée de sourire pour jouer au foot, monsieur K… Elle tourne pas une pub pour le dentifrice.

– Si elle accepte, il n'en manquera qu'un. Bon, je pense que je peux convaincre l'autre voyou d'Ilyès. Je le mettrai au marquage, il sera parfait. Et toi, tu parles aux autres ?

– Leur parler de quoi, monsieur K ?

– De rentrer dans notre équipe de foot à 5, enfin, quelle question !?

– Quelle équipe ?

– Les Boucans ! Si on arrive à composer une équipe de cinq joueurs de moins de treize ans, je peux enfin réunir les papiers pour la naissance du FC Boucans. Et si on gagne la Coupe des City de Marseille dans un mois, on remporte des créneaux pour nos entraînements sur un terrain réglementaire. Fini, le stade minuscule. On va pouvoir se déployer, Enzo, se DÉPLOYER…

Purée, il est fou.

Mais vraiment fou.

7
La chance du débutant

En une semaine, j'ai découvert pas mal de trucs sur la vie.

Première chose : l'incendie dans mon corps après le foot était une somme de courbatures. Quand les muscles sont surpris de tous les efforts qu'on leur demande sans leur permission, ils se rebellent et des courbatures apparaissent. Heureusement, après trois jours, elles partent.

Deuxième révélation : jouer au foot ne rend pas populaire. C'est un mythe comme les carottes qui font les cuisses roses ou le fluor qui rend les dents blanches. Je n'ai pas revu Solée.

À croire qu'elle sèche les cours… Ilyès et Ali m'ignorent encore plus qu'avant. Ça, je m'en fous un peu, il ne faudrait pas oublier que ces types sont des blaireaux. Le seul souci dans cette affaire est qu'ils me doivent 30 euros. Quand je lui ai demandé mon argent, Ilyès a regardé à travers moi comme si j'étais un fantôme.

Bref, rien n'a changé. Hormis Fafa l'embrouille, personne ne me parle. Mais le plus grave dans cette histoire, c'est que mon père a littéralement pété les plombs. Je le savais mais ça se confirme : le foot rend cinglé.

Tout s'est détérioré le mardi qui a suivi le samedi où je suis allé au City. Je me suis levé normal comme d'habitude. Une douche et puis direction la cuisine. Pieds sous la table, trois tartines que ma mère me prépare et me donne avec sa phrase habituelle :

– Merci, mon chien.

– Merci, maman, t'es la best.

Sourire de ma mère.

Comme je suis un bon garçon, je presse deux oranges et je tends un verre à ma mère en lui disant :

– Merci, mon chien.

Elle rigole. Il fait beau dehors, la canicule est passée, il y a même un peu de mistral.

– Bonne journée, mon chéri, t'as tes clés et le chèque pour la cantine ?

– Bonne journée, maman, bon courage.

Ma mère, elle est aide-soignante, donc ça mérite bien un jus d'orange et un « bon courage ».

Franchement, ça commençait comme une super journée.

Au moment de descendre l'escalier pour aller au collège, je tombe sur monsieur K. En temps normal on s'évite mais, depuis samedi, il me traque pour me parler de son idée d'équipe de foot.

Ce matin-là, alors qu'il me demande si j'ai parlé de l'équipe aux autres, voilà que mon père sort de l'appartement. Jusqu'ici tout va bien (les deux sont super copains, ils se causent tous les jours).

Monsieur K lui dit :

– Mais enfin, Champion, le café, c'est à 9 heures, t'es tombé du lit !

Mon père n'est pas peigné, en pyjama, et a ses vieux chaussons aux pieds.

– M'appelle pas Champion.

Mon père s'appelle Mickaël. Champion, ça date du temps où il était gardien. Et à part monsieur K et mémé chou, personne ne l'appelle comme ça.

– Mais enfin, Micka, qu'est-ce qui t'arrive ? s'étonne monsieur K.

Et là, tout se met à dérailler… Franchement, rien que d'y repenser, j'ai mal au ventre. Mon père a attrapé monsieur K par le col et l'a soulevé du sol. Puis il a prononcé cette phrase complètement folle :

– Je t'interdis d'approcher mon fils. Mon fils ne sera jamais gardien. Mon fils ne jouera jamais au foot.

– Eh ben t'es con, car ton fils, il a de l'or entre les gants. Il est comme toi, un diamant brut… et c'est pas parce que toi…

Là, papa a lâché son col et monsieur K est retombé par terre.

– Ne m'adresse plus jamais la parole, jamais.

Depuis, silence radio, nada, plus de café, plus de matchs à commenter. Papa maronne dans son coin en répétant en boucle: «Je t'en foutrais, des diamants bruts.»

Aujourd'hui, on est vendredi soir et il est hors de question que je reste une seconde de plus dans cette maison. Le bruit des savates de mon père dans le salon, c'est le pire. Ça fait *scroutch*, *scroutch*, *scroutch*. La bande-son du désespoir.

– T'es prêt pour le match, mon Enzouille? Je te laisse la meilleure place! s'exclame papa, en se frottant les mains.

– Je vais sortir un peu.

– Sortir?

– J'ai douze ans, je peux quand même sortir un peu, non ?

Je ne sors tellement jamais qu'il ne sait pas quoi répondre.

– Elle est d'accord, maman ?

– Oui, je mens.

– Et tu vas faire quoi ?

– Voir Fafa.

– Vous ne jouez pas au foot, hein ?

– Non.

– Tu jures ?

– Je jure.

– Sur la tête de ta mère ?

Le mec est dérangé.

– Oui.

– Et sur celle de Fafa ? il me demande.

– Ouais.

Je n'y crois pas, moi, à ces histoires d'au-delà, d'esprits et de karma, de malchance.

– Et de mémé chou ?

– Oui.

– Bon, OK. Vas-y.

Mais quand même, je ne jure jamais sur ma tête.

Pour tout dire, je n'ai pas envie de sortir mais juste de regarder le truc un peu la honte qu'on adore avec Fafa. Cette émission, elle nous plaît beaucoup et personne n'a le droit de venir nous juger.

Allez, je vous donne son nom. L'émission musicale s'appelle *La Voie* et c'est du pur bonheur en barres. Et spécialement la version enfant. Il n'y a rien de plus mignon qu'un enfant qui chante. D'habitude, je la regarde avec maman, mais elle est de nuit à l'hôpital.

Avant d'aller chez Fafa, je toque chez Khadija comme un boucher sur sa viande. Faudrait pas oublier que son fils me doit de l'oseille.

Khadija se précipite.

– Ah, c'est toi… elle me dit. Je pensais que c'était Nadia.

Nadia, c'est ma mère.

Franchement, elle pourrait cacher qu'elle est déçue de me voir. Elle porte un vieux jogging, ses cheveux sont détachés et elle n'a aucun maquillage. C'est rare de la voir sans son voile. J'essaie de ne pas la regarder trop longtemps pour ne pas la mettre mal à l'aise.

– Je viens voir Ilyès. J'ai un petit truc à lui dire.

– Ilyès, il est chez Ali. Ils font leurs devoirs.

Elle est bien bonne, celle-là. Je me retiens de rire, mais ce n'est pas l'envie qui m'en manque. À deux, ils ont environ 5/20 de moyenne générale. Ils ne prennent même pas la peine de recopier la date au tableau tellement ils s'en foutent de l'école, alors réviser ensemble, c'est aussi probable qu'une deuxième Coupe d'Europe pour Marseille cette saison.

– Ah, super, ils vont progresser, je dis en mentant (je ne suis pas une poucave).

Ce qui est marrant avec Khadi, c'est qu'elle connaît tous les ragots du quartier (elle est secrétaire au commissariat de la Canebière) et qu'elle ne sait même pas que son fils traîne avec les pires débiles du collège.

– Oui, oui, depuis ses problèmes, il essaie de reprendre confiance.

J'étais au courant de rien. J'ignorais qu'Ilyès avait des problèmes. Enfin, à part être assez moche et pas sympa, mais ça, elle ne doit pas s'en rendre compte.

Comme je reste sur le pas de la porte au lieu de rentrer chez moi, Khadi finit par me proposer d'entrer chez elle.

Cool, sa télé est allumée sur *La Voie*.

– Tu veux regarder avec moi ?

Ça vient de commencer et, le temps d'arriver chez Fafa, je vais en rater un bout. Fafa me pardonnera bien.

– Ouais.

Mon préf', le petit à lunettes avec son nœud papillon et son appareil dentaire, chante une chanson d'Édith Piaf. La chanson est nulle, elle raconte l'histoire d'une femme amoureuse d'un type qui n'est jamais là. Résultat, elle pleure. Mais sa voix est à tomber du fauteuil.

À la fin de la chanson, Khadija me tend une assiette de petits gâteaux brillants et dorés, et elle me dit comme ça, mine de rien :

– Dis voir, Enzouille, paraît que t'as fait des ravages au City la semaine dernière ?

Khadi, elle essaie toujours de vous faire parler de votre vie. Ça m'énerve.

– J'ai eu de la chance… c'est tout.

Elle me regarde de ses yeux perçants, et j'ai l'impression qu'elle essaie de lire dans mes pensées. Heureusement, je ne pense à rien, donc elle ne va pas aller bien loin. Les coins de sa bouche tombent vers le bas et elle poursuit :

– La chance du débutant, on sait tous que ça n'existe pas, mon grand. On ne fait pas les choses par hasard, c'est connu.

– C'est un dicton homologué par un dictionnaire ?

Dans mon dictionnaire *Maxi débutants*, on trouve des dictons très utiles dans les pages couleur saumon tout au centre entre les noms propres et les noms pas propres.

– Hein ? Qu'est-ce que tu racontes ?

– Rien, laisse tomber, Khadi.

– Moi, je te le dis : tu t'es mis au goal pour une raison.

– Je ne veux pas être goal, c'est un poste maudit.

– Ah oui, et tu tiens cette idée-là de qui ?

Après, elle reste silencieuse pendant l'émission.

Tous les éléments sont réunis pour que je sois heureux : la meilleure place de l'appartement, de la bonne nourriture et mon candidat préféré sélectionné pour la finale… et pourtant, un truc me tracasse.

Une fois dans mon lit, je me retourne à gauche, à droite. Mon drap, mon matelas et mes deux bras le long du corps me brûlent. Tout m'énerve : le bruit des voitures dans la rue, celui des scooters, mon oreiller. Et mon cœur tape n'importe comment dans ma poitrine : super vite trois coups de suite, puis à sa vitesse normale, puis de nouveau trop vite.

J'essaie de me calmer mais, au moment où mon cœur s'apaise et où mes yeux se ferment, j'ai un flash.

Ce qui a rendu mon cœur marteau, c'est ce qu'a dit Khadija.

La chance du débutant, le City, le talent, le foot.

De quoi parle-t-elle ?

Et monsieur K, est-ce qu'il peut être fou ET avoir raison ?

Et si j'étais bon comme gardien ?

Ou pas mauvais ?

J'attrape mon téléphone et je tape : « Chance du débutant : définition ». Si j'en crois ce que je lis : la chance du débutant veut dire réussir à faire quelque chose parce qu'on ne sait pas que c'est difficile.

Ensuite je tape : « Chance du débutant au foot ».

Et je ne trouve rien d'intéressant.

Et à la question « Peut-on être bon au foot et détester les footeux ? » pas de réponse non plus.

8
Stylé qui comme Ulysse

Ce matin, on est allés à la piscine. C'était horrible parce que les cours de natation sont toujours un moment affreux à passer, particulièrement ceux du lundi après-midi. Tout est plus dur le lundi. Déjà, être à moitié à poil devant tout le monde n'est pas une chose facile. Surtout pour faire du sport dans de l'eau glacée et finir par se laver dans des douches qui puent les pieds et les produits chimiques.

Mais le pire du pire, c'est de devoir retirer son maillot de bain DEVANT LES AUTRES MECS pour enfiler un slip sec.

Donc soit montrer le recto (les fesses).

Soit le verso (le pénis).

Comme on est extrêmement gênés, on reste silencieux dans le vestiaire.

Moi, j'attends d'être seul. Je suis pudique de la tête aux pieds en passant par le reste.

Quand le vestiaire est enfin vide, je me change. Je baisse mon slip de bain en fermant les yeux et je les rouvre quand j'ai remis mon slip sec.

Tout se passe toujours bien. Sauf qu'aujourd'hui, quand je rouvre les yeux, Ali et Ilyès se tiennent devant moi. J'ai envie de les casser en mille morceaux.

– Vous avez que ça à faire, de mater ?

Ali se met à rire comme une hyène.

– Frère, on te mate pas… On t'attend.

Le moment est très bizarre parce que être seul avec eux dans le vestiaire ressemble à une scène de film de mafiosi.

– Pour quoi faire ? Je connais le chemin.

– Pour te proposer de venir au terrain ce soir.

– Pour quoi faire ?

– Arroser le synthétique, répond Ali.

– Super drôle. Je suis mort de rire.

– Pour te filer tes 30 euros.

– Tu pouvais pas les prendre avec toi ?

– Y a des vols à la piscine, dit Ali avant de tourner les talons.

Ensuite, on marche deux par deux jusqu'au collège et j'oublie d'y penser parce que Fafa me fait encore sa super imitation du prof de piscine. Il marche en balançant les deux pieds devant avec les mains sur les hanches et son sifflet dans le bec.

Fafa, il est trop fort, il finira par faire l'acteur à Hollywood.

On est en cours de français dans la salle jaune. Je déteste la salle jaune car elle fait mal aux yeux, mais Fafa, pour me faire marrer, mime encore le prof de piscine (il l'appelle Joe la claquette).

La prof arrive.

– On va poursuivre sur *L'Odyssée*, dit-elle avec son sourire bizarre.

Franchement, je n'aime pas ce livre. Toutes les aventures se ressemblent, on change juste le nom et l'histoire de la créature qui cherche des noises à Ulysse. Mais ça finit toujours par une ruse du héros. *L'Odyssée* me fait regarder ma montre toutes les deux secondes, trouver le temps long et ressasser tous les soucis que j'ai.

Pendant que la prof parle d'Ulysse et du Cyclope comme si elle venait de les croiser dans le couloir, moi je pense aux 30 euros, à la piscine qui pue et au foot. Au bordel que la seule séance de l'autre samedi a fichu dans ma vie. Solée a disparu et je pense à elle. Je ne pense à rien de précis, juste au fait qu'elle existe. Peut-être que c'est de l'amour, mais ça m'étonnerait.

Soudain, quelque chose me sort de mes pensées.

Un truc très rare dans notre classe… le silence.

– Je répète : Ilyès, peux-tu me dire de quoi le Cyclope est le symbole ?

Ilyès lève les yeux vers la prof et la regarde en silence. Je commence à compter le silence, mais ça dure si longtemps que je perds le fil.

Franchement, en répondant « des hommes », y a moyen de s'en sortir. En répondant n'importe quoi, la prof sera contente.

Mais c'est le début de l'année et la prof ne sait pas encore qu'Ilyès ne répond jamais aux adultes. Même sous la torture, il ne parlera pas. Quand un adulte lui parle, il est comme absorbé dans un trou de silence.

– Ulysse, c'est le symbole du mec stylé, dit Ali.

– Le mec stylé ? répète la prof, blanche comme une brique de feta.

– Ouais, au Moyen Âge, les mecs stylés montaient à cheval, conduisaient des bateaux et coupaient des têtes avec leurs épées. Et Ulysse, il fait ça tous les matins.

Une seconde, la prof hésite à répondre

qu'Ulysse n'a pas vécu au Moyen Âge. Et puis finalement elle s'abstient :

– Et aujourd'hui, c'est quoi, un mec stylé ?

– Un mec qui joue bien au foot, répond Ali. Ou un rappeur.

Et puis, il fait un truc complètement dingue.

Il tourne la tête vers moi.

Depuis un quart d'heure, le temps a arrêté de passer. Ça fait super longtemps qu'il est 19 h 48. À tous les coups, l'horloge de la pharmacie que je fixe des deux yeux a été maraboutée. Les secondes sont devenues des minutes, et les minutes, des heures.

– Qu'est-ce que tu fais à te pencher comme ça ? me demande ma mère.

Je sursaute.

– Rien.

– Tu regardes les filles ?

– Hein ? Quoi ? Non !

– Ou les garçons ? Ce serait OK, tu sais.

Ma mère et ses gros sabots…

Il ne se passe pas une semaine sans qu'elle me glisse qu'aimer les gars quand on est un gars est OK. Elle dit OK comme si je lui avais posé une question.

Ma mère, elle est gentille, mais elle n'est pas toujours très fine.

– Je mate l'horloge de la pharmacie.

– Et qu'est-ce qu'elle raconte ?

– Qu'il est 54 et que je suis attendu au City.

– Chuuuuuut, parle moins fort. Tu vas faire mourir ton père s'il t'entend. J'espère que tu ne vas pas te mettre à jouer au foot !

Mon père lave la salade dans la cuisine et, avec le bruit de l'eau, il n'y a aucune chance qu'il m'entende. Pour lui, descendre au City ne serait pas OK.

– C'est pour récupérer un truc, t'inquiète.

– Parfait. On t'attend pour dîner, alors ?

– Maman ?

– Quoi ? elle me répond avec des yeux pleins de gentillesse.

Depuis quelque temps, elle m'agace. C'est sa gentillesse qui m'énerve, et le fait qu'elle me dise toujours « t'inquiète » comme si tout était inquiétant.

– Ouais, non rien.

En fait, elle m'énerve tellement que je n'arrive pas à lui parler.

– Tu sais, tu peux tout me dire, mon chéri, les mamans sont faites pour ça.

Je prends une grande inspiration. Je me lance, je vais lui demander si ça ne l'a pas emmerdée que mon père soit un simple gardien et pas un vrai joueur avec un ballon au bout du pied, mais elle parle la première :

– Chaton, si quelqu'un t'embête au collège, il faut le dire. Ce truc à récupérer au City, c'est pas du bizutage ?

Ma mère et ses copines sont obsédées par le bizutage de leurs enfants. Il a dû y avoir un reportage à la télé ou un truc dans ce goût.

– Non, je vais filer mes cours à un gars qu'était malade aujourd'hui. Mais je peux aller chez Fafa, après ?

Franchement, vu l'état de papa depuis qu'il s'est embrouillé avec monsieur K, je préfère manger ailleurs. Chez Fafa, je suis toujours le bienvenu. Et comme il est loin d'être enfant unique, il y a toujours de l'ambiance. En fait, chez Fafa, c'est un peu comme regarder un spectacle avec la bouffe gratos.

– Pas de problème. Retour avant 21 heures, il y a école demain.

9

ENZO N° 10 ?

Je comprends dès que je les vois qu'ils n'ont pas mes sous. À leurs tronches de travers, ça se voit. Les mains dans leurs poches, Ali et Ilyès regardent par terre. C'est fou comme les gens ont des visages qui parlent. Si un jour j'ai la motivation, je deviendrai prof de « Comment cacher ce qu'on pense » et je ferai fortune.

– Mec, on a une proposition à te faire, dit Ali.

– Je vous écoute.

– On te propose de jouer les 30 euros au marroneur.

– Au marroneur ?

– Ouais. Tu sais c'est quoi ? demande Ali, me regardant de ses yeux de hyène.

– Évidemment que je le sais. Je ne vis pas dans une grotte.

Le marroneur est ce jeu insupportable où un joueur (ou une joueuse, il n'y a pas de raison que les filles y échappent) court après le ballon que se passent les autres. Dans d'autres pays que Marseille, on appelle ce jeu le « toro ».

– Pourquoi j'aurais envie de jouer au marroneur ? je demande.

– Ma mère m'a dit que t'avais honte d'être gardien, donc, au lieu de faire des tirs au but, on les joue au marroneur.

Khadi est vraiment la reine des poucaves. Je plains ma mère d'avoir une amie pareille. Jamais plus je ne parle d'un problème à Khadi, si c'est pour qu'elle le répète à ces deux gros baveurs. Si vous voulez que tout le monde apprenne quelque chose qui vous concerne, confiez-le à Khadi et, SURTOUT, précisez bien que c'est un secret.

Le pire, c'est que je suis à deux doigts d'accepter. Depuis l'autre samedi, je ne me reconnais plus moi-même, je ne pense qu'au foot.

Le marroneur, c'est tentant. Le point négatif, c'est de passer du temps avec ces deux demi-cerveaux, mais le point positif serait de découvrir que je suis un super attaquant.

Et là, je me mettrais à planter des buts, je deviendrais la star, la carte Panini et Sorare que tout le monde s'arrache : Enzo n° 10. Je finirais le travail des autres, mais je récolterais les hourras, *viva* Enzo.

Ou alors, je vais découvrir que je suis un attaquant, une muraille, un président avec un grand P, le mec qui rassure, qui s'impose et en impose. Le mec qui paie cash ses erreurs, le mec qui doit assumer pour toute son équipe.

Même jouer milieu de terrain, poste bien décisif, ça m'irait.

Et le meilleur test pour savoir si j'aime le foot serait de passer du temps avec eux.

Si je supporte leur présence, alors ce sera clair, je suis un footeux. L'amour du ballon sera plus fort que mon gros dégoût pour eux.

Il faudra que j'en parle rapidement à Fafa. Ça ne va pas être facile pour lui d'accepter cette nouvelle version de moi, car il déteste les footeux. Il fait des imitations des footeux qui marquent des buts et qui se prennent pour des prophètes, c'est à se pisser dessus. Mais lui et moi, on est frères, et je pense qu'il pourra m'accepter tant que je reste le même à l'intérieur. Quant à mon père, il n'est pas obligé de tout savoir sur ma vie non plus.

Comme je n'ai pas envie de leur dire OUI de vive voix, j'avance vers le City les mains dans les poches. Au moment où je découvre que le terrain est occupé par Bigsam et ses sbires, ça me tombe dessus : je suis tout triste.

Ils sont trois : le chef, Crésus et un autre gars dont le surnom est Grad. Comme il est gros, je pense que Grad veut dire gras-double ou gras du bide, enfin quelque chose de pas sympa. Ils se passent la balle du bout du pied mais occupent tout le terrain.

Bigsam porte un survêtement noir un peu effet satin comme la charlotte de sommeil de Fafa. Fafa, lui, la porte pour pas défriser ses cheveux. Je ne savais pas qu'on en faisait des joggings. Bigsam a des longs cheveux avec une raie au milieu et une espèce d'élastique tout autour de la tête. Si j'ignorais qu'il était allé en prison, je n'aurais pas peur de lui. Limite, je lui proposerais qu'on joue tous ensemble.

Mais je sais qu'il est resté un an aux Baumettes parce que tous les habitants du quartier ont une grande bouche qui raconte les vies des autres.

La déception de ne pas jouer, ce n'est pas génial comme sentiment, mais c'est toujours mieux que la frousse qui me refroidit les cheveux quand Bigsam me pointe du doigt.

– Woooo, toi, toi, toi là-bas, le goal, tu viens ou quoi ? Créz, Grad et moi, on a envie de tirer aux buts comme des vrais, il se met à maugréer.

Je ne peux pas faire comme si de rien n'était parce que je suis le seul au bord du terrain. Ali et Ilyès se sont barrés fissa. Les muscles de mon cou sont tout raides. Je voudrais revenir au moment de la journée où maman m'a dit « tout ira bien ».

– Euh non... je dis.

Pour ne pas perdre totalement la face, je jette un regard à Crésus. Je le supplie des yeux de me sauver la mise comme la dernière fois. Ils pourraient faire comme pépé chou qui relâche les trop petites truites. Mais Crésus tourne les crampons et se met à jongler.

– Pourquoi tu dis non puisque je te le demande ? T'es bien gardien ? dit Bigsam.

– Non, je ne suis pas gardien. Moi, je veux faire un marroneur.

– T'as quel âge pour faire un marroneur, sept ans ? Y a que les mômes de sept ans et les taulards qui font des marroneurs, renchérit Grad.

– Je l'ai payé 30 euros, mon marroneur, je dis.

Là, Bigsam s'approche de moi comme s'il voulait m'envoyer un pain dans la tronche. Il s'arrête tout près de mon visage. Je sens son haleine de Capri-Sun et de cigarette. Mais le pire, c'est de voir mon visage de poussin peureux dans les verres réfléchissants de ses RayBan.

– Alors t'es encore plus dérangé que ce que je croyais. Déjà, pour être gardien, faut avoir un gros souci dans sa tête, mais alors payer ses potes pour jouer au marroneur, c'est du haut niveau de folie.

Ses yeux sont devenus très gros sur son visage. On voit tout le blanc.

– Si tu quittes ce terrain, frère, tu vas le regretter, il me dit.

Je ne sais pas pourquoi je fais ça, mais je m'en vais.

À vrai dire, je le regrette déjà.

Je regrette tout.

D’être venu, d’avoir cru qu’on pourrait jouer au foot ce soir, d’être resté une seconde de trop et d’avoir été repéré, et puis d’être parti.

10
Heureux qui comme Ulysse

Rue du Baignoir, j'aperçois ces deux gros lâcheurs en pleine discussion. Tranquille Émile, ils sont penchés sur leurs téléphones alors que je viens de signer mon arrêt de mort.

Je devrais les ignorer, passer devant eux comme si tout allait bien et tracer ma route jusque chez Fafa. Il suffirait de pas grand-chose, changer de rue, choisir celle des marchands de tapis qui mène à la Canebière et où on ne croise jamais personne. Mais en fait non, je vais aller les voir parce que je suis dans la galère jusqu'au cou à cause d'eux.

Pour bien les oppresser, je me place un peu

au-dessus d'eux. Déjà, à plat, je les domine d'une demi-tête, mais avec le dénivelé je suis franchement plus grand qu'eux.

– Ah, salut, on t'attendait. Tu viens, on va faire le marroneur ? On a appelé…

Rien à carrer de la suite de sa phrase à cet idiot d'Ali, je lui coupe la parole. De toute façon, il ne sait que mentir. À tous les coups, il va me raconter un mensonge plus gros que sa crétinerie. Que Basile Boli est en route pour jouer avec nous, qu'il va me donner 60 euros, ou me trouver un iPhone 28.

– Je ne veux pas faire un marroneur avec les mecs qui m'ont laissé avec Bigsam.

– Ah ouais ? dit Ilyès, qui a retrouvé sa langue.

– Jamais de la vie.

– T'es sûr de toi ? renchérit Ali, hilare.

– J'ai une tête à faire un marroneur avec vous ? Je préfère récurer les toilettes du collège en fin de journée.

Ils se marrent comme si j'avais dit un truc

hyper drôle, genre la blague du surfeur et du pingouin.

– Pourquoi vous vous marrez, bande de pingouins défigurés ? je dis au bout d'un moment.

– Bande de quoi ? demande une voix de fille.

– De pingouins défigurés. Salut, Solée, ça va ? dit Ilyès.

Je me retourne et c'est bien elle. Ses cheveux détachés tombent sur ses épaules en dizaines de boucles. J'ai du mal à m'empêcher de la regarder. Dans ses yeux, il y a du vert et des éclats jaunes, mais aussi beaucoup d'intelligence. Elle les bouge de gauche à droite, de haut en bas comme si elle faisait des repérages pour braquer une banque (mais qu'on était déjà dans la banque).

– Ouais, ça va et toi, Grizzli ? On le fait, ce marroneur ? Y a personne au stade Di Giovanni, j'ai appelé ma pote qui habite au-dessus. Vous allez voir ce terrain, c'est de la tuerie. On le voit dans plein de clips de rap.

Enfin quelqu'un qui se rappelle que je m'appelle Grizzli. Merci à toi, Solée, meilleure meuf de l'univers.

– C'est bête… Enzo veut plus faire de marroneur, dit Ali.

Ce mec est le fils de Satan envoyé sur terre pour me torturer.

– Ah mince, tu es sûr ? me demande Solée, qui ne sait pas que je prendrais une carte d'ultra au Parc des Princes si elle me le demandait.

Elle baisse les yeux sur le ballon qu'elle tient entre ses mains… Qu'est-ce que je peux répondre ?

– Ben, je ne savais pas qu'on pouvait aller jouer ailleurs qu'au City. Ça change un peu les choses… je dis comme une grosse victime du destin.

– Il faut rester discrets, bien sûr, dit Solée, plus braqueuse que jamais.

– Tu préfères pas récurer les chiottes du collège ? dit ce fourbe d'Ali.

Et ils se marrent comme des bossus avec Ilyès.

Je ne sais pas si le pire serait d'être amoureux d'une fille beaucoup trop stylée pour moi ou que tout le monde s'en aperçoive.

11
C'EST QUI, LA REUSTA ? (BIS)

On descend la Canebière jusqu'au Vieux-Port. Si on est honnêtes deux secondes, cette rue n'est pas la plus belle avenue du monde, contrairement à ce que racontent les rappeurs marseillais.

C'est une grosse rue normale avec des pavés qui glissent quand il pleut et plein de magasins de savons. Mais au bout, il y a un port avec l'eau de la mer entre les deux quais. Le port, il est presque plus joli de loin, quand on voit scintiller l'eau entre les coques des bateaux. Malheureusement, je peux pas

vraiment admirer le spectacle parce que Solée, Ali et Ilyès se sont mis à courir à toute vitesse.

– Woooo, vieil ours, mais t'avances ou quoi ? Tu te traînes, on dirait une limace !

Pas besoin de préciser que la remarque vient d'Ali.

Pour une fois, il a raison. Suivre leur rythme ravive mes courbatures. J'ai les muscles des cuisses qui flambent. La montée vers le stade me coupe le souffle. J'ai un point qui prend de la place entre mes côtes, qui grossit et raccourcit ma respiration.

Je dois penser à autre chose qu'à ma souffrance. Par exemple, à l'absence de crottes de chien dans ce quartier alors que chez nous il n'y a que ça par terre. D'ailleurs, à Belsunce, y a les crottes mais les chiens qui vont avec n'habitent pas là. Est-ce que les habitants des Cinq-Avenues ou des quartiers du bord de mer viennent en cachette avec leurs chiens pendant qu'on dort ? Est-ce que je connais des propriétaires de chien à Belsunce ? Monsieur K, mais Zizou est tellement minus qu'il doit faire des cacas invisibles.

Le temps de penser à tout ça, je suis arrivé au stade. Essoufflé, en nage, mais à destination.

Le stade Di Giovanni, c'est pas croyable ce qu'il est beau. On se croirait dans une autre ville. Une ville de riches où tout le monde verrait la mer de chez lui et où le mistral soufflerait seulement les jours où ça nous arrange. Il est immense, avec du vrai gazon qui a une odeur végétale. Et il est entouré de roches blanches pas taguées. Et juste derrière, on a planté un immeuble. Une espèce de gros rectangle presque aussi blanc que la neige.

L'immeuble, il est nickel de chez nickel, pas de linge qui pend au balcon, pas de grosses fissures marronnasses. Tout ce qui dépasse, ce sont des parasols. Tous les mêmes. Pas des moches avec des perroquets flippants dessus, des jolis à rayures jaunes et blanches.

Ce stade et ses environs sont l'inverse de

modeste. Je sais pas comment on dit et je n'ai pas le temps de chercher dans ma tête parce qu'il va falloir que j'escalade la grille comme un grand tout seul.

Les autres sont déjà dedans à faire des têtes.

Il y a pire qu'un footeux, il y a trois footeux ensemble.

Placé au milieu du triangle formé par Ali, Solée et Ilyès, je dois intercepter la balle.

– Marroneur en combien de passes? demande Solée en faisant une tête en direction d'Ali.

– Autant que nécessaire, je dis.

Amorti de la poitrine d'Ali. La balle tombe à ses pieds. Elle est entre lui et moi, et j'ai un quart de seconde pour agir. Ilyès se précipite dessus en même temps que moi. Plus rapide, il dégage le ballon vers Solée. Elle prend du champ sans toucher la balle, en la laissant rouler vers elle. Elle me laisse venir et attend la dernière seconde pour la renvoyer illico à Ali. En quatre passes, le triangle est métamorphosé.

Je me rue sur tous les ballons, mais toujours trop tard. Les trois sont ultra réactifs. Sans un mot, ils s'envoient des ballons en talonnade, en cloche, de la pointe du pied. Je me sens totalement impuissant. Les balles circulent tellement vite que je sens l'air tout autour de moi quand elles me dépassent.

J'arrive toujours trop tard, je n'effleure même pas la balle. Plus le ballon circule, plus je suis dépassé. Je dois ressembler à un lapereau perdu dans la grande forêt, je donne des coups de tête dans tous les sens et je fais des tours sur moi-même sans jamais suivre une direction.

– Grizzli, un gardien, ça saute ! dit Solée.

Elle dit ça pour m'aider. Ali et Ilyès ne prennent même pas le temps de rire de mon infortune, tellement ils sont concentrés.

Ilyès, Ali et Solée, on croirait que le ballon les réclame. Moi, le ballon me nargue.

En moins de trente passes, je finis le cul sur le gazon, incapable de poursuivre le jeu. La honte. La grosse honte, je vais devoir déclarer forfait.

– J'abandonne, les gars.

– OK, on échange, déclare Solée.

Avec elle, le marroneur ressemble à un gros fight. Le visage en feu, des éclairs dans les yeux, elle se précipite sur toutes les balles. Je comprends en la voyant faire qu'elle se bat, qu'elle va au bout. Elle ne court pas, elle bondit. Solée, elle suit le ballon partout et jusqu'au bout. Enfin, elle essaie. Chaque tentative s'accompagne d'un cri et d'une petite insulte. Des putain, des merde et j'en passe.

Même quand elle n'a aucune chance de choper le ballon (comme cette passe à l'aveugle) entre Ali et Ilyès, elle fonce comme si un camion-citerne lui arrivait droit dessus.

Elle trébuche, tacle dix fois dans le vide mais elle se relève. Une microscopique erreur de contrôle de ma part lui suffit pour toucher le ballon. Le jeu est plié en moins de quinze passes. Les genoux en sang et son tricot taché d'herbe, elle se met à danser et à crier :

– Mais c'est qui, la reustaaaaaa ?

Solée, c'est de l'essence de footeux…

Viennent les tours d'Ali et Ilyès. À les regarder, je comprends que je ne suis pas un joueur de champ… Sérieux à s'en faire péter la veine du front, décidés à se battre quitte à s'arracher les genoux, à se faire déboîter les chevilles… Moi, je peine à me placer correctement mais je me force pour ne pas écourter le marroneur.

Quand Ali m'envoie une balle rapide qui rase le gazon, le quart de seconde que je mets à réagir permet à Ilyès de l'intercepter.

Attirés par le bruit du marroneur, des gens apparaissent aux balcons du bel immeuble. Ils s'installent sous leurs parasols inutiles (il fait presque nuit) et nous observent jouer. Je les vois puisque je suis face à eux. Quelque chose me dit que c'est le moment idéal pour se tirer.

Mais comme Bigsam a une dent contre moi et que j'ai autant envie de rentrer au quartier que de me faire tatouer *I love Ali* sur le visage, je garde cette information pour moi.

12
L'ANGOISSE DU GARDIEN DE BUT

Je ne serai jamais n° 10, ni défenseur ou même milieu. Et pourtant, je suis toujours là, planté au milieu du terrain. Je suis donc une variété de footeux. Mais laquelle ? Maintenant que les postes les plus nobles ont été décapés au marroneur, il me reste :

Le poste de supporter :

Impossible à cause de mon ouïe trop fragile. J'ai les oreilles sensibles et, quand plusieurs personnes se mettent à hurler en même temps, mon cœur disjoncte. La fois où papa m'a amené voir Marseille-Lorient au Vélodrome, j'ai galéré pour tenir deux mi-temps. Pendant le match, j'ai adressé des prières au Dieu du foot pour qu'une des deux équipes gagne dans le temps réglementaire. Ça a marché, mais j'ai quand même eu des bourdonnements dans les écoutilles pendant trois jours. Avec des prolongations, je serais devenu sourd.

Le costume d'entraîneur :

Exclu d'entrée de jeu. Pour être entraîneur, il faut aimer les footeux comme j'aime la glace à la pastèque et Fafa réunis. Je le sais, car j'entends monsieur K entraîner les Petits Boucans le samedi. Et même s'il dit des gros mots à en défriser tous les profs du collège, il y a aussi pas mal d'amour.

Le g... :

J'ose même pas le dire en entier tellement ce serait la foire aux problèmes... mais le doute est insupportable. Suis-je un g... refoulé ? Pour chasser cette possibilité, le plus radical, c'est de participer à une séance de penaltys là, tout de suite. Grâce à des ballons à la chaîne tirés par des gens que je déteste*, je saurai enfin. Si je supporte que mes ennemis aient le pouvoir de m'humilier au bout du pied, alors je serai un goal.

– Séance de penaltys ? je lance.

– Vas-y, frère, va au goal, répond Ali d'une voix trop gentille pour être honnête.

– Tu commences ? je demande.

– T'es sûr, vieil ours ? Parce que ce soir j'ai tellement de talent en moi que je vais te transformer en passoire, frère, balance Ali.

– Je veux bien prendre le risque. Mais grouille-toi parce que la nuit tombe.

Le ciel prend des teintes d'orange sanguine. C'est pas moi qui le dis, c'est un morceau de rap marseillais.

Alors que je me dirige vers la cage, Ali tire sans me prévenir avec un petit « Go », un « Top »,

* Sauf Solée, mais je ne vais pas passer ma vie à le répéter.

ou un « Prêt ». Comme cette ordure est bon buteur, son ballon vient me frapper au milieu du dos. Pile à l'endroit où le corps n'est pas renforcé par des dizaines d'os ou des muscles en béton. Le choc résonne dans toute ma carcasse. Des larmes se précipitent dans mes yeux. Pour ne pas craquer devant lui, je ferme très fort les paupières.

– Pourquoi tu as fait ça ? hurle Solée.

– Il m'a dit de me dépêcher. Je me suis dépêché, j'écoute le Grizzli, moi.

Sa connerie est sans limite, plus vaste que l'océan Pacifique.

Lui et moi, il est temps qu'on en finisse. Je serre les dents et j'attrape le ballon. Un genou au sol, je lui renvoie. Une belle balle propre comme j'ai vu faire mon père.

Il ne faudrait pas se fier aux apparences, cette balle n'est pas la balle du pardon. C'est la balle de la vengeance.

Cette fois-ci, Ali envoie un ballon accessible dans les cages. Un truc pour me faire briller. Sûrement la peur de passer pour un tocard en présence de Solée. Retour à l'envoyeur. Le ciel fonce au-dessus de nos têtes. Bientôt, on ne verra plus assez clair.

– Tire comme un vrai buteur, je suis pas un mini Boucan, je dis.

Il me fixe en attendant que je bouge, que je donne une indication sur le côté où je vais plonger. Mais je resterai immobile le temps qu'il faudra.

Une voix venue des balcons brise le silence du stade :

– Putain, mais tire, gamin !

Ali sursaute et se rue. Le ballon m'arrive dans les bras. Il n'atteint pas mon ventre mais mes bras bien préparés et durs comme l'acier qui font barrage.

On enchaîne. Ali est déstabilisé par la rumeur des voix aux balcons et les premiers buts arrêtés. J'arrête les trois qui suivent. Je sens sa rage suinter.

Il ne s'y prendrait pas mieux s'il voulait

me faire briller. Il tire sans masquer ses intentions, préférant passer en force plutôt que viser propre. Au cinquième tir, je perçois un mouvement de sa joue qui se crispe. Je l'entends se parler à lui-même, il essaie de mater sa peur. Il va frapper en finesse.

Boum.

Boum.

Ce chacal en marque deux à la suite.

Huitième penalty en préparation. Le penalty pivot. 8/10, ce serait une sacrée bonne perf' pour moi. Il l'envoie dans l'angle droit, à l'opposé de l'endroit où je me trouve. Mais je comprends la trajectoire à temps et plonge. Je me jette vers l'arrière et je boxe le ballon.

Solée crie :

– Œil de lynx ! Bravo, Grizzli !

Ça serait le moment idéal pour être content mais trois types se pressent à la grille. Au lieu de participer à l'inquiétude collective, Ali tire un neuvième penalty. Le ballon frappe la barre et voltige dans les airs.

D'ailleurs, en parlant d'air, une odeur commence à empoisonner l'atmosphère. Une odeur âcre qui donne envie de tousser. Mais personne n'ose tousser. On s'est tous rassemblés dans un coin du terrain…

– Les mecs, on est dans le mazout jusqu'au cou, murmure Solée.

Même si leur blaze est inscrit au dos de l'uniforme, les policiers, on les reconnaît de face. Avec leurs cheveux courts et le bleu foncé de leur équipement, on ne peut les confondre avec personne.

– Nan mais, on est mineurs. Les condés ne peuvent rien faire contre nous, dit Ali en crachant par terre, histoire d'arranger les choses.

– C'est pas les flics, le problème. C'est le mec devant, dit Solée.

Au milieu d'un nuage de fumée de cigare, un bonhomme en costume cherche une clé. Le trousseau de clés qu'il manipule dans tous les sens est plus gros qu'un poulpe géant.

– C'est qui, ce banquier ? demande Ali.

– Eddie Pravum, répond Solée avec une petite voix de souris.

Le sourire d'Ali se retourne. Celui d'Ilyès aussi.

Qui est Eddie Pravum ?

Je ne sais pas si j'ai envie de savoir.

Parce que je connais déjà l'essentiel sur le personnage : Eddie Pravum est un mec qui fait peur à Ali, Ilyès et Solée. On appelle ça un exploit.

Comme des gardes du corps, les trois flics marchent derrière le type en costume.

– Il est flic ? je chuchote.

Solée tremble de la tête.

– Bon, les gosses, c'est qui le chef? aboie-t-il.

Notre silence dure dix-sept pas. Les dix-sept pas que le type parcourt jusqu'à nous.

– Je répète: qui est le chef? glapit-il en fixant Solée.

– Personne, répond Solée.

– Y a toujours un chef.

– Pas chez nous, ose répondre Solée.

– Le grand, je dis que c'est toi le chef. Donc tu vas parler pour tout le monde. Comment tu t'appelles ? Et qu'est-ce que vous foutez sur mon terrain ? s'énerve-t-il.

Avec Fafa, quand on se fait attraper sans ticket de bus par les contrôleurs, on a des noms d'emprunt et un discours préparé à l'avance. Hop, dix secondes au micro-ondes et c'est prêt.

– Bonsoir, je m'appelle Clément Courtois. En fait, on habite juste là. On est descendus jouer, mais maintenant, il est temps de rentrer. Demain, on a école. Veuillez accepter nos excuses pour le dérangement. On va devoir rentrer, nos parents nous attendent. Ils risquent de s'inquiéter.

Je lève la tête vers les balcons et je fais coucou dans le vide. Je secoue la main comme si nos parents étaient blonds et qu'ils buvaient des cocktails en parlant des prochaines vacances au ski.

Ça tombe un peu comme un pavé dans la bouillabaisse car, après mon petit coucou, toutes les portes des balcons se referment. Eddie Pravum, c'est le Bigsam interquartiers de Marseille. Tout le monde a peur de lui.

– Gamin, ta mère, elle habite pas là. Je le sais parce que je suis président du syndic, y a pas de Courtois ici. Et puis, même si je me gourais, t'as pas la tronche à t'appeler Courtois. Les gamins de cet immeuble, je les connais…

ils font leurs devoirs, après ils jouent du piano et à 21 heures ils font de beaux rêves. Ils traînent pas comme des enfants des rues…

Franchement, pas besoin d'être escorté par la police pour dire autant de conneries.

– Je m'appelle Enzo.

– Très bien, j'ai le numéro d'un champion du monde qu'a appelé son fils comme ça. Son nom vous dirait peut-être quelque chose… il commence par un Z. Je pourrais vous raconter son histoire… sauf que je cause pas aux intrus, moi. Moi, vous voyez, je les dégage, les intrus. Donc explique-moi ce que vous foutez ici avant que je vous renvoie dans vos quartiers de rats à coups de pompe dans le fion.

Au lieu de rappeler à ce type que frapper les enfants des autres est interdit, les trois policiers font un pas en arrière. Mémé chou a une expression pour décrire les gens lâches qui ont peur de leur ombre. Elle dit qu'ils sont courageux comme des ânes qui reculent.

J'ai le corps en sueur et je suis crispé comme si je venais de gravir la montagne Sainte-Victoire en plein cagnard. Je voudrais que mémé chou soit là ou bien ma mère. Je voudrais qu'elle arrive avec ses gros sabots et qu'elle me dise que ça va aller.

– On cherchait un stade où nous entraîner, je dis.

– Ici, c'est le terrain du FC Torpilles. Et ce terrain, on le prête qu'à nos amis.

J'ai envie de rire et de pleurer.

Rire, car qu'est-ce que c'est que ce nom de creuseurs de piscine ? Le FC Torpilles ?

Pleurer, car pour qui se prennent-ils, à ne pas prêter leur terrain ?

Il faudra que je dise à Fafa que chez les riches, c'est pire qu'à Belsunce. Nous, au moins, notre terrain, on ne le laisse pas se reposer. Le City est toujours occupé. Il ne dort jamais.

– Mille excuses, monsieur. Ça ne se reproduira pas.

Fafa – le roi de l'observation – m'a

conseillé, dans les situations délicates, de répéter «monsieur» et «madame». On ne sait pas pourquoi, mais ça fait très plaisir aux adultes de l'entendre.

– Je veux, mon neveu, que ça ne se reproduira pas.

Il se marre. Si c'est une blague de m'appeler «mon neveu» alors que je le déteste dans toutes les fibres de mon corps, elle est archi-nulle, sa vanne. Je préférerais crever qu'être de sa famille.

– D'ailleurs, on ne va pas s'éterniser. Il est grand temps de vous rendre votre terrain, dit Solée.

– Ah non, ah non, non, non. Vous allez me donner le numéro de téléphone des bons à rien responsables de votre éducation. Je voudrais pas me priver d'une petite discussion avec eux.

Ma mère travaille ce soir. Mettre un pied devant l'autre prend environ un siècle à mon père, alors on décide en un regard avec Ilyès d'appeler une personne efficace, légèrement effrayante et qui n'a peur de personne.

13
OÙ VA LE MONDE ?

Ça fait dix minutes qu'on est encerclés par les policiers comme si on avait braqué une banque. Si les matraques accrochées à leurs ceintures n'étaient pas mortellement flippantes, ça ressemblerait presque à un marroneur. Avec les gars et Solée, on attend la délivrance dans un silence de mort. Même Ali ne fait plus le malin.

Il m'adresse carrément un sourire pour me rassurer. Lui et moi, on ne pourra plus se détester tant qu'on ne sera pas rentrés à Belsunce.

Pendant ce temps, Eddie Pravum fait des tours de terrain en beuglant dans son téléphone.

J'essaie d'écouter ce qu'il raconte, mais la frousse empêche mon cerveau d'enregistrer les mots qui sortent de sa bouche. À ses gestes énervés, je dirais qu'il n'est pas en train de faire une déclaration d'amour…

On entend les talkies-walkies crépiter de demandes d'intervention partout dans la ville, mais les policiers ne répondent pas. Ils se parlent avec les yeux et en agitant les mains pour montrer leur voiture garée devant la grille.

– M'sieur Pravum, vous avez encore besoin de nous ? balance un des trois vers le fond du terrain.

– Je vais faire comme si j'avais rien entendu, tempête le président du terrain.

Je sursaute. À lui seul, je vous jure qu'il braille plus fort que tous les potes de pétanque sourdingues de pépé et mémé chou.

Trois minutes plus tard, un pneu crisse sur le bitume suivi d'un claquement de portière, et une voix familière résonne dans le silence.

La bonne nouvelle, c'est que cette personne vient de Belsunce rien que pour nous. La mauvaise, c'est que cette personne n'est pas Khadija.

Tête baissée, il fonce vers nous :

– Les minots, ça va pas bien, le bocal ? Nan mais, sérieusement, escalader la grille de Di Giovanni. Après, vous me direz, si on construisait des stades dans cette ville au lieu de se focaliser sur les écoles, vous ne tomberiez pas dans la délinquance. Peuchère, où va le monde ? marmonne-t-il sans lever la tête.

À la place d'elle-même, Khadija a envoyé monsieur K. Franchement, on dirait un zinzin. Mais pas un zinzin comme Bigsam ou Eddie Pravum. Un zinzin comme les gars sur la Canebière qui se versent des yaourts sur la tête et qui parlent tout seuls.

– Monsieur K, elle est où ma mère ? s'inquiète Ilyès.

Le vieux lève la tête, aperçoit les flics et sourit. Monsieur K adore les policiers.

– T'inquiète, elle est pas morte ni rien. Elle voulait pas emmener ton petit frère qu'a de la fièvre. Donc elle garde Zizou et moi, je viens vous chercher. Bonsoir messieurs, dit-il en tendant la main aux policiers.

Il leur serre la paluche et, entre chaque policier, il porte la main à son cœur comme si ces mecs étaient Nelson Mandela. Vu que Pravum est à l'exact opposé de l'immense terrain, si on se tire tout de suite en courant, il ne nous verra pas partir.

– Bonsoir. Ces jeunes sont entrés par effraction, ce qui est formellement interdit par la loi, dit un des policiers.

– Oui, oui, je le sais bien. Ça ne se reproduira plus, je vous donne ma parole d'ancien flic. Ils sont pas méchants, ces jeunes. Je vais leur faire la leçon et les ramener à leurs parents. Leurs parents sont pas du genre à laisser passer ça. Je vous jure qu'ils vont regretter d'être sortis de chez eux…

On peut dire que monsieur K sait parler

aux policiers parce qu'ils secouent la tête, genre ce mec est un vrai prophète qui a tout compris à la vie.

– C'est bon pour nous, ils peuvent partir. Il faut juste prévenir monsieur Pravum.

– Pravum est là ? grogne monsieur K en montant d'un ton.

– Oui, c'est lui qui nous a appelés.

– Putain, ça va chier des bulles, dit monsieur K.

Jusqu'ici, il avait été parfait… mais mes deux petits doigts me disent que ça va se gâter.

– Faites quand même attention à vous, le prévient un des policiers.

Mais monsieur K fend le stade pour aller droit sur Pravum. Et cette fois, il a la tête droite comme si un fil le reliait à la lune qui vient d'apparaître dans le ciel. Il avance à toute allure en plantant ses pieds dans le gazon, et de petites touffes volent à chacun de ses pas. Sa colère est en train de labourer le stade. Franchement, il est presque crédible en guerrier de Belsunce.

– Tu t'en prends à des minots maintenant ? meugle-t-il.

– Oh, fatche, un revenant ! Je te dirais bien que t'as pas changé, Igor, mais le hic, c'est que j'mens jamais. T'as une tête de déterré. Qu'est-ce que tu fous là ?

– Je suis venu récupérer les quatre petits que t'as livrés à la police. Tu me fais honte. T'es toujours pas capable de régler tes affaires sans faire le caïd. Faut que tu menaces, c'est plus fort que toi…

– Qu'est-ce que ça peut te faire ! C'est tes gosses ?

Pravum fait un pas vers lui. Les deux ancêtres sont maintenant à dix centimètres l'un de l'autre. Ils font de tout petits pas qui forment un cercle. De loin, leur chorégraphie ressemble à un combat de judo.

– Mes gosses ? Pire que ça : ce sont mes joueurs, espèce de tête d'enclume. Je te présente mes Boucans, tonne monsieur K en nous désignant du doigt.

Il ne manquait plus que ça… ses Boucans. Je regarde Ali, Solée et Ilyès, mais ils ont les yeux rivés sur le fond du terrain.

– Tes joueurs sont mauvais comme des cochons. Ces quatre-là, c'est huit pieds gauches. Je les ai observés du balcon, je comprends qu'ils veuillent s'entraîner loin de chez eux.

Monsieur K s'approche encore un peu de lui comme s'il allait lui aplatir la face.

– Tu sais qu'ils sont bons, sinon tu ne serais pas descendu t'énerver contre eux comme une puce en colère.

Franchement, je dois avoir un grave problème psychologique, mais ce que monsieur K lui balance à sa tête de poulpe, ça me fiche quelques frissons.

– Allez, bande de Boucans, on lève le camp. À jamais, fils de rien.

– Puisque t'es fier de ton équipe, Igor, j'imagine que vous jouez au tournoi de foot à 5 des moins de treize ans ? C'est à Montredon, dans trois semaines. Évidemment, ils n'ont pas peur d'affronter mes juniors du FC Torpilles, tes joueurs.

– Bien sûr qu'ils vont jouer.

– Très bien, parce qu'il te manque un joueur. Et n'oublie pas de remplir le dossier d'inscription, s'excite Pravum.

– Notre cinquième joueur se repose… et pour le dossier, t'as dû mal regarder, espèce de vieille taupe, il est déposé depuis une semaine sur le site de la mairie.

– M'étonnerait… Les Boucans, je me serais souvenu d'un nom d'équipe aussi infâme.

Solée s'installe à l'avant de la vieille Mercedes de monsieur K.

Il enfonce la clé et, avant de la tourner, il approche sa face du rétroviseur intérieur et il retire un bout de persil de ses dents avec son ongle de pouce. Mon Dieu, c'est dégueulasse, il va nous faire regretter les flics et Pravum…

– Allez ! En route, mauvaise troupe, chantonne-t-il comme si on partait en randonnée.

Au moment où le moteur se déclenche, la voix du présentateur de Radio Virage Nord retentit dans l'habitacle. Sans respirer entre ses phrases, le type raconte le match Marseille-Saint-Étienne de la semaine dernière, mais… côté tribune.

Au lieu de siffloter *nous sommes les Marseillais et nous allons gagner*, monsieur K ferait mieux de se concentrer sur la route. Il conduit comme un débutant aux autos tamponneuses. Assez vite, le mal de cœur me gagne. L'odeur de son faux sapin à la fausse vanille collé à la vitre n'arrange pas mon malheur.

Je sors la tête de la voiture comme un chien qui s'aère les oreilles.

– Bon, alors, vous avez fait quoi pour vous attirer les foudres de ce vieux mafieux ? demande monsieur K.

Même si j'ai plein de choses à dire, je garde la bouche et les yeux fermés.

Quand on a le mal des transports, la seule solution est de ne rien faire du tout. Il ne faut surtout pas s'amuser à faire des efforts avec son corps ou avec sa tête.

– On a joué trois marroneurs et les mecs ont tiré des penaltys, voilà, résume Solée.

Là, monsieur K pile, et c'est la souffrance dans mes tripes.

– Vous voulez des chips ? Vous devez crever de faim, minaude monsieur K.

Pas besoin d'ouvrir les yeux pour comprendre qu'il vient d'ouvrir un paquet de chips saveur kebab. Petite explication à tous ceux qui ne le connaissent pas : monsieur K est un énorme radin. À part pour la pâtée de Zizou, il n'a jamais dépensé 1 euro pour personne. Si j'avais le courage de parler, j'informerais tout le monde que ce qui se passe est très suspect.

– Mais alors, pourquoi n'êtes-vous pas restés au City ? demande monsieur K avec une voix de dentiste avant la piqûre.

– Le terrain était occupé par Bigsam et ses hommes. Ils nous ont virés comme des malpropres, marmonne Ilyès.

– Ah bah, mince. J'espère qu'à Di Giovanni vous vous êtes amusés, au moins ?

Alerte rouge, les petits potes : il ne faut pas rentrer dans son jeu. Monsieur K ne pose jamais de questions gentilles.

– Ah ouais, c'était ouf, s'exclame Solée

comme si on venait de lui demander si elle aimait l'été.

– Et les trois jolis cœurs à l'arrière, ils en disent quoi ? poursuit-il.

Les jolis cœurs ? Quand j'étais petit, il m'appelait morpion, peau de cul et pire encore…

Après ça, plus personne ne parle et on entend juste les chips se faire mastiquer.

– Donc les deux trucs qui vous ont gâché la fête sont l'absence de terrain de foot ET la présence d'un vieux débris qui donne des ordres à tout le monde, même à ses chaussures de jardin ?

– Grave, bombarde Solée, en mode déléguée de classe.

– Il me semble avoir lu dans le journal que les trois vainqueurs du tournoi de foot à 5 des moins de treize ans gagnent le droit d'utiliser à la demande des terrains prévus exprès pour leurs pommes.

– Moi, je veux le jouer, ce tournoi. Juste pour lui faire ravaler sa salive, s'exclame Solée.

– Bien. Et les trois autres, qu'est-ce qu'ils en disent ?

Ilyès et Ali en disent hummmmm, ce qui, en langage de décérébrés, veut dire oui.

Et moi, j'en dis que je vais vomir.

14
« Le rap de Fafa », suivi de « Tout sur mon père »

Ces deux derniers jours, j'ai tout fait pour éviter Bigsam. J'ai dû un peu réaménager ma vie, mais c'était ça ou la mort.

Première mesure de protection : je ne sors que pour les affaires obligatoires, c'est-à-dire aller au collège. J'ai abandonné les courses chez Momo et les descentes de poubelle le soir. Ma mère m'a direct demandé si je faisais une crise d'adolescence précoce. En guise de réponse, j'ai grogné, et elle a eu l'air satisfaite.

Deuxième mesure : sortir quand les gens dorment encore. Pour être certain d'esquiver

Bigsam, je pars très tôt au collège. C'est pas mal, l'aube, on entend les mouettes qui poussent des cris de joie. Et puis, les rues sont toutes propres grâce aux mini véhicules à poils durs qui récurent les trottoirs. Ma mère m'a demandé si je retrouvais une fille ou un gars, et j'ai dit OUI car mentir est le meilleur moyen d'avoir la paix dans ce monde.

Troisième et dernière mesure : je fais un petit détour de cinquante minutes pour rejoindre la maison après les cours. Je passe par Noailles, puis les Réformés, et ensuite, je longe la gare par l'arrière. Enfin, je repique par le haut du quartier. Pour vivre longtemps, je dois rayer la rue de la bibliothèque de ma carte mentale. C'est au milieu de cette rue que Bigsam et ses potes stationnent et font leurs trafics. Fafa dit que je suis paranoïaque, mais il vaut mieux être parano que mort. Tout le monde sera d'accord avec moi.

Je pose mon sac dans l'entrée, je mets mes claquettes Puma et direction la cuisine. Là, j'entends un bruit extrêmement bizarre de porte qui grince, ce qui est louche, car papa travaille sur un chantier à La Seyne-sur-Mer et que maman ne rentre jamais avant 19 heures.

– Aaaaaaaaaaaah ! C'est Bigsam, je vais te tuer ! hurle Fafa en poussant la porte derrière laquelle il s'est planqué.

Mon cœur tape partout dans ma cage thoracique et je me mets à hurler à mon tour. Mon corps produit un volume capable de réveiller les morts. Je braille, et je braille dix bonnes secondes alors que je vois bien que c'est ce débile de Fafa qui me fait une blague. Mais j'ai besoin de faire sortir toute la peur entrée par effraction.

– Qui t'a ouvert, espèce de malade ?

– La clé était cachée sous le paillasson, il me répond, hilare.

– Et pourquoi t'as fait ça ?

La réponse, je la connais. Fafa adore se moquer de ses amis. Je le sais parce que, cette blague, il la fait à son mini frangin, parfois. Il reste caché dans sa chambre et, dès qu'Amin commence à s'endormir, Fafa gueule : « Coucou ! »

Moi, quand je bois du Coca, il me sort ses pires vannes pour me faire rire. Le problème du Coca, c'est pas les calories et tout, c'est quand le liquide vient stationner dans vos sinus.

– On voulait te faire écouter le rap du Ballon d'or.

– *On ?*

Là, je découvre qu'il n'y a pas que Fafa qui a un sérieux problème de respect des autres. Ce traître est venu avec Solée qui est cachée derrière le canapé.

Comme mon pouls se remet à faire n'importe quoi mais que je ne peux pas me remettre à hurler, j'essaie d'agir normalement. Même si rien n'est normal.

– Allez-y, je vous écoute…

– Moi, j'y suis pour rien ! J'ai juste oublié mes clés et j'ai croisé ce gars devant chez moi. Trop sympa, il est venu me voir et il m'a parlé de toi… Je ne savais même pas qu'on était dans le même collège. Il m'a raconté qu'il allait venir te faire un rap, et, comme on est coéquipiers, je me suis dit que ça pourrait être sympa de faire connaissance, alors je l'ai accompagné.

– Ah mais tu as bien fait, c'est super gentil de ta part, je dis avec ma voix de gros bébé victimisé au bac à sable.

Là, Fafa fait la première chose sympathique de la journée, il s'éclaircit la voix et il se met à rapper :

Ouais, ouais, je suis le Grizzli aux pieds d'or,
Ni en bronze ni en argent, frérot ils sont en or,
J'ai des rêves de Ballon d'or,
J'veux pas m'user pour le SMIC,
Des abdos à la Ronaldo, un mental à la Ibra,
Que des Boucans dans ma team,
Que des 10 parmi mes frérots.

Franchement, je n'ai rien contre les raps de Fafa, mais là, tout de suite, je vois un énorme problème. Aux gardiens, personne ne donne le

Ballon d'or. D'ailleurs, les gardiens ne rêvent pas de Ballons d'or… Ils dépriment dans leurs canapés comme mon père, les gardiens. Mais comme Fafa est le plus gros chambreur de Marseille, je n'ose pas vraiment lui dire que je garde les cages.

– Pas mal, mais il est hors sujet, ton flow. Je suis gardien, et les gardiens, on leur écrit pas des raps.

Fafa hausse les sourcils mais, pour une fois, il se tait. C'est Solée qui répond :

– Mec, les gardiens méritent des raps. T'es aussi indispensable que le ballon. Pas de gardien = pas de foot. Sans gardien, le foot est un marroneur géant.

C'est gentil, mais elle parle avec une voix de « ça va aller », comme si j'avais des raisons d'être malheureux.

– Bien sûr, Solée, mais aucun gardien n'a jamais gagné le Ballon d'or.

– Il existe un Ballon d'or des gardiens, je te signale.

Le truc qui m'énerve (un peu) chez elle, c'est qu'elle parle comme Hermione dans *Harry Potter*. Comme une madame-je-sais-tout qui a parfaitement raison.

– La preuve que c'est un poste claqué… je réponds.

– Ça te dit rien, Lev Yachine ? Premier et seul gardien à avoir gagné le Ballon d'or.

– Ah oui, si, si… je mens.

–Viens, on va faire le test « Es-tu fait pour la cage ? » C'est en le ratant que j'ai compris que j'étais milieu, me dit-elle, plus Hermione que jamais.

– Les gars, il y a un bruit de dispute dans le couloir, dit Fafa à voix basse.

Mon père, il ne parle pas beaucoup.

Enfin, il dit les trucs de base : « Range tes chaussures », «T'as eu combien en maths ? », «J'ai mal au dos », « Ce soir y a l'OM qui joue ».

Mais il ne raconte jamais d'histoires du passé. Clairement, papa n'est pas un jacteur.

Mais voilà, tout à l'heure, il a parlé. Et franchement, j'aurais préféré ne rien entendre.

Maintenant que Fafa et Solée sont rentrés chez eux, je peux raconter ce qui s'est passé. Alors qu'on venait de commencer le test en ligne sur *tellementfoot : es-tu fait pour la cage ?* (voir annexe), on a entendu deux grosses voix dans le couloir. Sur le coup, j'ai cru que Bigsam était venu m'égorger, mais il s'agissait de papa et de monsieur K. Comme c'est la guerre des tranchées entre les deux, on s'est tous les trois ventousés à la porte pour ne pas en perdre une miette. La porte d'entrée est fine comme du papier toilette et, pour une fois, ça nous a bien rendu service.

La première phrase qu'on a pu entendre a été prononcée par ce génie de monsieur K, qui a demandé à papa s'il avait signé l'autorisation parentale pour le tournoi de foot à 5.

Là, Fafa a rigolé et on a cru qu'on était

grillés parce qu'un grand silence a suivi. Poser une question pareille à mon père, c'est à se demander si monsieur K s'entraîne en cachette à être débile.

Évidemment que je n'ai rien raconté à mon père. Je suis pas un kamikaze ou je ne sais quelle personne adorant les drames qui se retournent contre elle. Comme papa bosse à l'autre bout de Marseille tous les samedis matin et qu'il ne parle à personne dans le quartier, il y avait (avant intervention de monsieur K) neuf chances sur dix que mon père ne se rende jamais compte que j'étais devenu un footeux.

Papa a répondu à monsieur K: «Euh... pardon, j'ai pas bien entendu?» Mais il avait très bien entendu. La preuve, il a poursuivi la conversation:

– C'est hors de question, Igor, Enzo ne jouera aucun tournoi de foot. Du rugby, du bilboquet, du hockey subaquatique mais pas du foot dans cette ville pourrie jusqu'au trognon.

– Il est bon, ton fils, a dit monsieur K.

– Mais putain, je le sais depuis toujours qu'il est un bon gardien.

Ça m'a pincé le cœur à plusieurs endroits de la poitrine en même temps de l'entendre dire ça. Parce que papa, le seul endroit où il cause, c'est devant sa télé, et devant sa télé, il ne félicite pas souvent le gardien.

Là, monsieur K s'est lancé dans ce que la prof de français appelle une tirade. Il s'est mis à dire que j'étais doué, que j'adorais le foot et que la liberté, c'était super important dans la vie.

On s'attendait tous à une contre-tirade de papa, mais il s'est assis sur une marche. Je l'ai su sans regarder car je l'ai entendu pousser son petit couinement de l'effort.

Outch.

Et là, papa s'est mis à parler à monsieur K sans laisser aucun blanc entre ses phrases. Il a raconté son histoire, enfin son passé, parce que son histoire actuelle, elle ne vaut pas le coup de s'asseoir sur une marche.

À ce que j'ai compris, sa carrière a été brisée par quelqu'un qui n'était pas un joueur. Personne ne l'a blessé, pas de barre à mine, pas de rupture des ligaments… Ce quelqu'un était un agent de joueur. Papa a répété « imprésario », on a regardé vite fait sur internet et ça veut dire agent de joueur.

Monsieur K, il la connaissait déjà, cette histoire, parce qu'il répétait: «Je sais, champion.»

Apparemment, un agent nommé Pravum aurait placé un gardien moins prometteur à la place de papa en équipe 1 de l'OM.

Résultat, papa a été remplaçant pendant quatre saisons. Dès que son joueur est parti de l'OM, Pravum en a mis un nouveau. À ce que j'ai compris, il faisait des cadeaux aux dirigeants du club et ils se partageaient l'argent des transferts.

Au premier petit silence, Solée m'a dit un truc d'une voix normale (ni celle d'Harry ni celle d'Hermione):

– Tu vas pouvoir jouer, t'inquiète, il va signer l'autorisation... Il n'a pas l'air vraiment fâché, ton père. Juste traumatisé par le football professionnel.

Mon menton s'est mis à trembler parce que ce qui venait de s'abattre sur nous expliquait tout sur mon père. Solée m'a pris la main mais je n'ai même pas vraiment profité de l'arrivée de sa main dans la mienne.

Je ne me rappelle pas précisément les mots… L'idée générale était que le foot professionnel l'avait fait souffrir, que sans ma mère et sa famille papa ne se serait jamais remis de ce qui s'était passé. Il avait des sanglots dans la voix, et moi, ça m'a collé des larmes sur les joues. Ça devrait être interdit d'entendre son père pleurer.

Pour cacher mes larmes, j'ai collé mon œil à l'œil-de-bœuf. Malgré les rayures, j'ai vu monsieur K faire un câlin à mon père. Les muscles de son avant-bras se sont contractés d'un coup sec et il a maintenu papa contre lui quand il a dit :

– Champion, devine qui organise le tournoi des moins de treize ans auquel nos Boucans sont inscrits ?

La main de Solée s'est crispée quand papa a deviné.

15
Dynamiques et dans l'axe

J'ai à peine le temps d'ouvrir la grille du City que je me retrouve nez à nez avec Bigsam. Serait-il possible de vivre un jour entier sans se faire agresser ? Je ne demande pas grand-chose, juste un jour du lever au coucher du soleil. Mais c'est trop demander, je crois que désormais toutes mes journées seront bousillées par des émeutes sur pattes comme Bigsam, Ali ou Pravum.

– Tiens, salut, il me dit.

– Salut, Bigsam, je réponds comme si j'étais content de le voir.

– Alors, qu'est-ce qu'il fait de beau, le gardien ?

– Je vais m'entraîner.

– Donc, moi, je suis pas assez bien pour toi, mais…

– Wooo, wooo, mais tu fais quoi, toi, au juste, avec mon gardien ? le houspille monsieur K qui arrive au portail avec des bouteilles d'eau et un saladier plein d'oranges.

– Je te parle pas à toi, le vieux, aboie Bigsam. Je parle à lui.

Zizou essaie d'aboyer aussi fort que Bigsam. Franchement, je le remercie pour cet effort, mais c'est raté. Son petit jappement est très rauque, assez proche d'un miaulement. Ce chihuahua n'a pas les moyens de nous défendre. Pour couronner le tout, il porte une espèce de tricot pour chien aux couleurs de l'OM qui lui donne l'air d'une peluche offerte dans un menu McDo.

– J'ai pas bien compris ce que tu venais de dire. Mais je te conseille de pas répéter, s'excite monsieur K.

Comme son chien, il n'a pas peur de postillonner sur les gros balèzes du quartier.

– Ah ouais ? dit Bigsam en montrant les crocs.

– Oui, fils, parce que t'as un bracelet électronique à la cheville. Et moi, je sais que ça veut dire qu'à la moindre embrouille tu refiles en prison. Donc, si tu approches l'un de mes joueurs, je vais au commissariat et je leur dis que Jean-Noël Sarriette cherche des noises à des gamins.

Là, Bigsam il devient blanc comme un nuage. Jean-Noël Sarriette ? Il faut que je téléphone à Fafa tout de suite pour lui raconter ça… Jean-Noël Sarriette, le pire nom du Système solaire.

– Maintenant, dégage de ce City. On a un tournoi à gagner et Enzo a des buts à arrêter.

– Tu ferais mieux d'aller au centre de formation de l'OM, frère, tu perds ton temps ici, me balance Bigs… – enfin, Jean-Noël Sarriette – en faisant demi-tour direction la rue de la bibliothèque.

Droit comme c'est pas permis dans son haut de survêtement bleu foncé, son sifflet autour du cou, monsieur K avance vers le terrain. Au dos de sa veste est écrit *Coach FC BOUCANS.* Voir le nom de notre équipe en lettres blanches et brillantes provoque des frissons sur mes avant-bras…

Au centre du terrain, Solée, Ali et Ilyès discutent en jonglant. Solée sait ce qu'elle fait.

Aussi à l'aise que mémé chou quand elle tricote, elle ne regarde même pas ses crampons. Je me joins au groupe pendant que monsieur K attache Zizou au point d'eau. Incapable de faire rebondir la balle plus de dix fois sans la perdre, je fais des passes pour cacher la misère. Pour clouer le bec d'Ali, je lui envoie tous mes ballons.

À 9 heures, Crésus, le pote de Bigsam, débarque avec sa dégaine de mec cool. Short

COACH
FC
BOUCANS

de foot, maillot d'une équipe inconnue à mon bataillon, crampons moulés vert fluo. Sa coiffure a changé, il a coupé ses cheveux et les a décolorés. Ou alors il a passé son temps à la plage. Je sais pas, je m'en fous, mais la couleur un peu cuivrée comme ça avec sa peau noire et ses dents blanches, c'est très joli.

Il se tient droit mais pas trop et se dirige vers monsieur K, une feuille fluo à la main.

Comme des requins attirés par l'odeur du sang, on lâche le ballon et on s'agglutine derrière le filet tous les quatre.

– Bonjour, je viens pour les sélections, m'sieur, dit-il en secouant la feuille.

– Ah ! Tu as trouvé ma petite annonce ?

– Oui, je l'ai vue au collège, chez Momo, sur la Canebière, et mon éducateur du foyer me l'a donnée aussi.

– Tu as moins de treize ans ?

– Oui.

– C'est écrit quelque part ?

Il hoche la tête.

– Buteur, ça te va ? Même si au foot à 5, tous les joueurs assument tous les postes, c'est bien de spécialiser.

Deuxième hochement de tête de Crésus.

– Alors, c'est bon, t'es pris. Je viens de renvoyer une armée de pieds carrés. Toi, je t'ai déjà vu jouer, t'es un bon.

Quel mythomane de première, ce K ! Personne d'autre que nous n'a posé un orteil sur le terrain depuis ce matin. Je suis bien placé pour le savoir, car j'ai observé la pelouse toute la matinée pour ne pas arriver le premier (j'ai mon honneur).

– OK, les Boucans, on a une heure avant l'arrivée des Petits Boucans. Mettez-vous en ligne et suivez Crésus pour l'échauffement. L'idée, c'est de monter en température pour ne pas se claquer. On commence par le bas du corps et on finit par les articulations. Crésus, tu guides ?

Crésus se met à sautiller et à retomber sur ses pointes de pied. Il a les mollets ultra musclés et pas l'ombre d'un gramme de gras dans les cuisses. Il enchaîne avec des montées de genoux vers la poitrine et des talons-fesses. Pour le moment, je tiens le rythme. Je suis les conseils de monsieur K qui répète en boucle :

– Dynamiiiique et dans l'axe les gars. L'horizon, on regarde l'horizon.

Posté derrière Solée, je fixe le sommet de son crâne parfaitement immobile. Elle fend le stade en une ligne droite sans jamais dévier.

Au moment où Crésus lance une série de pas chassés, Ali sort de la file.

– Il t'arrive quoi, au juste ? lui demande monsieur K.

– Il m'arrive que je suis échauffé. Et je m'épargne pour le tournoi.

– Et dis-moi, mon pied au cul, je te l'épargne ou tu retrouves tes coéquipiers ?

Je lâche un petit rire, enfin un petit souffle de narine, rien de très sonore mais Ali doit avoir une ouïe surdéveloppée de hyène. Il lève la tête vers moi et me balance un regard de pure haine. Il revient vers nous et envoie un crachat dans ma direction. Ce mec a l'art de faire ses crasses quand personne ne le regarde. J'essuie la mini mare de salive avec le bout du pied. Ce sale chacal vient se placer derrière Solée… juste devant moi. Est-ce un hasard ? Bien sûr que non… rien n'est un hasard avec Ali. Surtout pas ralentir d'un coup bien sec, histoire que je lui rentre dedans.

– Enzo, attention, regarde devant toi, glisse monsieur K.

– Désolé…

– Maintenant, les quatre joueurs de champ, vous allez bosser la conduite de balle sur un demi-terrain. Mais avant, je veux des exercices de slalom balle au pied et ça frappe aux buts. Pigé ?

– Ouaip, répond Solée en s'emparant du ballon.

Ce matin, elle est à la fois Hermione et Harry, la plus technique et la plus sérieuse de nous tous.

– Sauf toi, Enzo.

– Mais pourquoi ? je demande d'un ton un peu trop chouineur.

Ali imite mon rire narine et se frotte les yeux en mode ouin-ouin. J'ignore et je suis monsieur K qui ne m'épargne pas sa petite leçon du jour.

– Au foot à 5, le gardien est la clé, donc tu me suis. Tu demanderas à ton père pourquoi

les entraîneurs préfèrent les gardiens… Ce sont les moins chichiteux… les plus naturels…

Naturel, ça veut dire regarder toute son équipe s'éloigner et rester avec l'entraîneur qui a la même haleine que son chien sans broncher.

Monsieur K dispose des cerceaux sur le gazon. Je dois sauter d'un rond de plastique à l'autre, rester sur une jambe et réceptionner le ballon à la main. Pour garder l'équilibre, j'essaie de fixer un point. Mais sans le sommet du crâne de Solée, je suis à peu près aussi stable que Bambi sur la glace.

– Pense à ta balle.

Je lâche l'horizon, j'agrippe le ballon et je le serre entre mes doigts. Il m'aide à rester droit ; tant que je le tiens, une jambe me suffit à me tenir immobile. Quand je titube, je serre plus fort et je ferme les yeux.

Tant pis si je mets une vie à le renvoyer.

– T'es encore lent, mais t'as des réflexes. On va s'exercer encore et encore. Le foot, c'est la répétition. On passe à la suite : dos au but, je dis top, tu te retournes et je tire.

J'ai à peine le temps de dire oui que monsieur K se transforme en canon à balles. Contrairement à ce sadique d'Ali, il attend que je sois face à lui pour tirer. Une tempête m'arrive en pleine figure. Je ne sais plus si je suis volleyeur, gardien de hand ou de foot, car je tape dans tous les sens. J'y vais avec les poings, les mains, les coudes, la tête, les pieds. Tous les ballons repartent comme ils sont arrivés. À toute vitesse.

– Pause, Enzo. Bois un coup.

Le front de monsieur K perle de sueur. Mes poignets sont douloureux mais j'ai envie de continuer. Il m'envoie une bouteille d'eau qui voltige de ma main droite à ma main gauche avant de tomber au sol.

– T'étais à deux doigts du sans-faute, fils, me dit monsieur K.

Mais je ne l'écoute pas vraiment, car, au fond du terrain, j'observe Crésus.

Crésus, le mec qui valait plus de deux joueurs. Le mec qui en valait dix.

16
Enz' la rage

Ce soir, l'Algérie rencontre la Pologne en match de préparation de la Coupe du monde. Cette rencontre ne m'arrange pas parce que monsieur K est polonais depuis toujours et qu'à mon avis il a dû attendre le match toute la semaine.

Ça me fait mal de l'admettre mais, ce soir, j'ai besoin de monsieur K. Et monsieur K a besoin de sa télé…

J'attends le coup d'envoi pour quitter la maison. Maman est chez Khadi, et papa a oublié mon existence au moment où les joueurs sont entrés sur le terrain.

Je traverse le couloir et je toque ferme pour lui faire peur. Avec de la chance, il va croire que c'est la police et il va m'ouvrir avec le sourire.

– Salut, m'sieur K, ça va ?

– Qu'est-ce que tu fous là, peau de cul ?

Autant aller droit au but quand on tombe comme un cheveu sur la soupe au pistou :

– Je suis venu vous demander de descendre m'entraîner.

Il renifle parce qu'il renifle tout le temps avant de parler.

– Ton paternel, il est d'accord ?

Je ne lui ai pas demandé mais j'ai été sage comme une image Panini toute la semaine. Ignoblement sage : j'ai fait les courses, lavé la salade alors que ça me glace les mains rien que d'y penser, sorti la poubelle, débarrassé la table. Je lui ai laissé la meilleure place du canapé sans la jouer à pierre-feuille-ciseaux. Je n'ai pas grogné une seule fois contre lui, j'ai appelé mémé chou pour son anniversaire sans qu'il me supplie. À mon avis, une loi devrait l'obliger à me laisser m'entraîner ce soir. En plus, demain mercredi, je commence à 10 heures.

– Ouais, totalement. Et le terrain est libre.

– S'il y a dégun, allons-y.

– Mais le match, monsieur K ?

– Ce match, fils, il me stresse trop, j'ai les boyaux noués depuis ce matin. Par contre, il faut que tu portes Zizou. Il devient fainéant le soir. Réserve un but et je vous rejoins avec le matériel.

Son chien, il pue la grève des éboueurs de la tête à la queue. Pour supporter sa puanteur, je respire par la bouche et je garde ma tête loin de sa gueule.

Arrivé au terrain, je dépose Zizou dans un coin et je m'échauffe.

Monsieur K débarque avec une veste « Coach Boucans » et un filet rempli de huit ballons sur le dos. Voir tous ces ballons qui attendent de se prendre des patates, ça me fiche des frissons sur les mollets.

– Je t'accorde trente minutes.

– Radin ! je proteste.

– Je vois que tu es mordu, mais ce ne serait pas raisonnable de trop jouer, tu vas t'épuiser.

– Mordu ?

– Oui, tu es mordu, tu es passionné, quoi ! Tu découvres le foot, tu dors foot, tu manges foot, mais il faut y aller mollo.

Avant que Solée ne m'envoie un message hier soir, j'aimais déjà être gardien. Depuis le message, c'est devenu beaucoup plus grave. C'est devenu, comment dire… une question d'honneur, de vie ou de mort de devenir un bon gardien.

– On y va, monsieur K ?

On commence avec des ballons au ras du sol. Des trucs de mini Boucans, des balles sympas qui m'arrivent dans l'intérieur du pied. Monsieur K tire un coup à gauche, un coup à droite, aussi prévisible que le prof de sport. Ensuite, on enchaîne avec des séries de huit ballons à renvoyer. À la main, il me les balourde comme s'il voulait me refiler des grenades dégoupillées. Mes poignets chauffent, mes muscles brûlent, je ne sens que mon corps qui se défend contre le ballon. J'ai le souffle court, le cœur qui bat à tout rompre, la tête qui tourne, mais je fais barrage et rien ne franchit ma cage.

– T'en as encore sous les crampons ? me demande-t-il.

– Je n'avais pas compris qu'on avait débuté, je crâne.

Là, il me fait asseoir au milieu du but. Je dois revenir au sol entre chaque ballon tiré. Du bout des gants, de la pointe du pied, je les dégage. J'ai les genoux brûlés, les coudes à l'agonie, le souffle coupé… mais l'envie d'en découdre n'est pas passée.

Pourtant, il va falloir rentrer car c'est la mi-temps. On le sait tous les deux parce que la broche de *Kebab de ouf* fume, que l'air sent la viande et la sardine grillées, que les voix ont envahi la rue et qu'à Belsunce une mi-temps de match de l'Algérie, ça se renifle !

Je bois un coup d'eau quand une voix crie au balcon :

– Fils, t'as tout arrêté !

Je fais coucou à ma mère penchée à la fenêtre de Khadi. J'aimerais voir mon père mais il reste dans son terrier.

– C'est son fils, le Grizzli ! Meilleur goal de Marseille, t'as vu ? crie Khadi.

–Y a combien ? demande monsieur K.

–Tu ne vas pas aimer le score, Igor ! répond Khadi en secouant un petit drapeau algérien.

Là, monsieur K frotte son visage comme pour faire disparaître ses rides, il attrape Zizou et il court vers notre immeuble. OK, merci, le rangement, c'est pour ma pomme. Mais puisque les gardiens sont les moins chichi-chiants, alors je charge le filet de ballons sur mon dos.

Je fais le tour du terrain pour accéder à la sortie car impossible de sauter la rambarde avec mon attirail. Au fond du City, des gars jouent depuis je ne sais combien de temps. Quand je passe devant eux, ils me font une ola. Je baisse la tête parce qu'il n'y a que ça à faire quand on ne sait pas si les gens se moquent de vous.

– Comment il s'appelle, lui ? demande un des mecs, un grand à lunettes.

– Grizzli, je réponds en leur tournant le dos.

Mais je sens que déjà je ne suis plus Grizzli, parce que je pense au message de Solée et que ça me met la rage. Ouais, la rage, ce soir, je suis Enz' la rage.

Je regagne ma chambre et, vu les hourras, les *viva* l'Algérie et les cris de joie… je crois que la Pologne est en train de se prendre une belle rouste. Même les mouettes ont déserté le ciel, tellement c'est la fête au quartier. Ça chante et ça danse « On a gagné » alors que le match n'est qu'à moitié fini. J'espère que monsieur K va résister à la défaite de la Pologne (4-0 pour le moment).

Je retourne mon portable que j'ai laissé sur ma table de nuit. Message de Solée il y a quatre minutes. Je déverrouille avec le cœur qui bat à fond les ballons.

Hello Griz,
J'ai trouvé un article sur le site de Treize minutes.
https://www.13minutes.fr/marseille/1774991-1995128-affaire-pravum-jeroulepourmonecurielerestejemen-societe-foot-affaire
J'ai payé 1 euro mais pas grave,
tu me rembourseras plus tard.
J'ai dit à ma mère qu'on faisait un exposé sur les agents de joueurs au foot et elle m'a crue, elle a même proposé de m'aider.
Elle a lu tous les articles et voilà,
en résumé : on est des génies, mon pote,
on avait tout capté.

Pendant dix ans, même plus, cette grosse ordure de Pravum a vendu et acheté des joueurs pour l'OM et il s'est gavé d'argent (ça s'appelle une commission, c'est un pourcentage mais laisse tomber, c'est compliqué). Le souci, c'est qu'il a placé des joueurs pourris à la place de joueurs pas pourris et qu'il s'est partagé plein d'argent avec les dirigeants des clubs. Dans l'article, il tape carrément la pose avec un ancien officiel de Marseille au Vélodrome.
Il y a sept ans, il a arrêté d'être agent soi-disant parce qu'il en avait marre de ce milieu-là. Ma mère pense que c'est plutôt ce milieu qui en avait marre de lui. Et il faut dire qu'entre-temps Pravum a failli aller en prison deux fois. Il a été « inquiété par la justice » et des enquêtes ont été menées sur lui pour des détournements d'argent. Selon ma mère : la troisième fois, c'est la bonne, donc il a dû finir par avoir peur d'aller en zonzon…

Je clique sur le lien de ce vieil article. Rien qu'au titre je comprends que je ne vais pas fermer l'œil cette nuit :

« MOI, JE ROULE POUR MON ÉCURIE, LES AUTRES CLUBS, LES AUTRES JOUEURS, JE M'EN FOUS »

L'article est une interview où Pravum raconte comment il repère les diamants bruts au bord des stades pour les ramener à l'OM. Il voyage dans le monde entier et il regarde des matchs et des matchs. Il a même une paire de jumelles autour du cou.

Diamant brut ? C'est le terme que monsieur K a utilisé pour nous qualifier, papa et moi.

Il y a un truc que je ne pige pas. Pourquoi Pravum n'a pas ramené papa à l'OM en premier gardien, si papa était si doué ? Comment les dirigeants ont-ils pu le rater ? Est-ce que papa est un menteur ? Ou monsieur K ? Ou juste un exagérateur ? Paraît qu'ailleurs en France, pour dire un exagérateur, quelqu'un qui en fait des caisses, on dit « un vrai Marseillais »…

Mais non, je sais que papa était très fort, j'ai vu des tas de vidéos de lui, des matchs entiers. J'ai même lu des articles dans un classeur chez mémé Chou. On l'appelait *Champion* mais pas que. Papa, son surnom, c'était *la grande muraille.* Le mur infranchissable. Dans un article que mémé a gardé dans une pochette plastique, le journaliste qualifie papa de « meilleur goal français, meilleur espoir ».

Je ne comprends pas comment papa a pu être laissé de côté. Si je demande à monsieur K, il va me dire de me concentrer sur le tournoi. Si je demande à papa, il va pleurer, et si je le vois pleurer, je vais pleurer, et maman va pleurer, et Khadi va pleurer, et tout le quartier va se transformer en un lac de larmes.

J'appelle Solée, mais elle me coupe le sifflet et raccroche. Rien à foutre du répondeur, il faut que je parle à quelqu'un. Clairement,

Fafa dort. Le mec se couche avec les poules à 20 h 30.

Je rappelle Solée, re-répondeur.

Mais je la vois qui m'écrit.

Je vois des petits ronds qui apparaissent-disparaissent à côté du nom Solée.

Et ça dure, et ça dure.

Et puis, plus rien.

Je pose le téléphone et j'essaie de respirer par le ventre pour me calmer. Heureusement, mon téléphone vibre, car les grandes bouffées à expirer et à inspirer, ça n'éponge pas ma rage.

Mec, il est 22 heures.
Que se passe-t-il ?

Comment mon père a pu être oublié ? Je ne comprends pas…
Quand t'es bon, on te prend, non ?

Ton père ne pouvait pas faire gagner d'argent à Pravum parce qu'il était déjà là… Pour faire gagner de la moulaga à l'agent, il faut faire un transfert. Ils ont mis un mec moins bon mais qui venait d'ailleurs, et donc ça faisait un transfert. Ce qui est pas facile à capter, c'est que ces mecs, ils disent qu'ils adorent l'OM mais en fait ils préfèrent la thune… L'OM n'est pas devenu meilleur avec le transfert du goal, mais Pravum et ses potes sont devenus plus riches…

Je me demande où on serait si papa avait fait partie de l'écurie de Pravum. S'il était né ailleurs, pas forcément très loin, mais à Toulon ou même à Aix-en-Provence. Mais Zizou, le vrai, il est bien né ici, et lui, il a réussi…

On vivrait dans le grand immeuble blanc ?

Au dernier étage avec l'immense terrasse ?

On vivrait au-dessus de la mer ?

Et maman ? Elle serait aide-soignante de jour ?

17
Que la bouche

Je suis à Montredon, le cul dans le sable. Le mistral agite les vagues. Avec ce vent, on croirait que l'eau est surmontée de paillettes fantômes. Elles apparaissent et disparaissent, coulent et remontent. C'est beau mais ce que je préfère, c'est la ligne blanche derrière les paillettes. L'horizon.

Je le fixe, et ça pourrait être un moment de l'ordre du génial si ce con d'Ali n'avait pas le cul dans le même sable que moi.

C'est totalement honteux, mais on est là tous les deux parce qu'on est punis comme des petites sections. À la fin du dernier match de poule, on a pris un carton jaune chacun, et ça n'a pas plu à monsieur K. Comme nos parents ont signé une autorisation parentale, a-t-il braillé, il a le droit de nous forcer à regarder la mer côte à côte.

C'est censé apaiser les tensions entre Ali et moi.

Monsieur K, il est nul en punition (pour un ancien flic, c'est vraiment pas de chance). Son idée ne fonctionne absolument pas car plus j'entends Ali respirer, plus j'ai envie de continuer ce qu'on a commencé tous les deux (la guerre).

Ali n'a pas l'air de m'apprécier non plus parce qu'il lâche tout un tas de petits mollards au lieu de s'excuser.

Monsieur K a dit qu'on ne pourrait jamais gagner le tournoi avec une rivalité aussi forte entre nous. Ensuite, il a prononcé une vraie tirade sur la rivalité entre coéquipiers qui serait un poison violent contaminant tout le monde. Bla, bla, bla. Et regardez Ribéry et Gourcuff, toute l'équipe en a souffert, et bla, et bla, et bla.

Quand j'ai vu Solée et Ilyès hocher la tête, et Crésus faire demi-tour en se cachant les yeux – genre : *j'ai pas envie de voir ça tellement c'est claqué comme embrouille* –, j'ai compris que la tirade tapait un peu dans le vrai.

Ce qui s'est passé, c'est qu'on a gagné notre dernier match de poule. Résultat, on est qualifiés pour le quart de finale. Quand on s'est mis à sauter de joie et à se tenir par les épaules, Ali m'a giflé. Un truc bien mesquin, une espèce de tape molle mais en pleine tronche. Je me suis pris ses empreintes digitales dans les paupières. Évidemment, comme ce type est un fourbe très expérimenté, ça pouvait aussi passer pour une tape molle involontaire. Mais bien sûr que non car, comme dirait mémé chou, « on le connaît, l'animal ».

Là, je dois avouer que je n'ai pas réfléchi, je suis sorti du cercle de joie et je lui ai jeté le ballon dans le dos. Personne ne m'avait vu et, selon moi, on était quittes.

Au lieu d'attendre le bon moment pour

se venger, il s'est jeté sur moi. Solée et Crésus nous ont vite séparés, mais on a frôlé la disqualification pour mutinerie.

Heureusement, monsieur K a raconté à l'arbitre qu'on aimait bien se chamailler mais qu'on était meilleurs amis depuis le berceau.

L'arbitre a quand même noté nos noms sur le carton jaune puis sur la feuille de match.

Lorsque le reste de l'équipe a vu l'arbitre sortir ses cartons, ils sont allés voir le quart de finale qui venait de commencer. Moi, j'étais bien chaud pour aller regarder le FC Torpilles contre Chartreux Football Club, mais monsieur K a dit : « Attends, attends, peau de cul », et j'ai su que ça allait pas se passer comme je voulais.

Dommage, car, à ce que j'ai vu des Torpilles sur Instagram, on est sur du haut niveau de boulard chez les joueurs. Ils se sont créé leur propre page de supporters. Ils sont les seuls à écrire dessus et à s'envoyer des vannes pas drôles. On a lu les commentaires avec

Fafa. Fafa a dit que même pour son sketch du *Mec pas drôle*, il n'oserait pas utiliser leurs vannes.

Mais bon, j'ai suivi monsieur K hors du stade. Quand on est arrivés face à la mer sur la petite plage, il a dit: «Y a pire comme paysage, non?»

Depuis, il boit son café derrière nous.

– Vos têtes ne bougent pas, bande de décérébrés. Vous ne vous parlez pas! Pas de réconciliation, pas de quart de finale. M'en fous, je prendrai des gamins d'une autre équipe à vos postes. Si le FC Boucans perd en quart, vous vous expliquerez avec les autres.

– Pffff, on est punis alors qu'on a gagné tous nos matchs, marmonne Ali en bougeant la tête comme une poupée sans cou.

– La première équipe ne s'est pas pointée, je réponds.

– Ouais, mais on a gagné, non?

– Ouais, mais par forfait, je réponds en creusant un tunnel dans le sable avec mes crampons. Et la deuxième équipe, ils avaient à peu près sept ans de moyenne d'âge, je poursuis.

– Ouais, mais on a gagné, conclut-il.

– Au troisième match, deux se sont blessés en première mi-temps et ils n'avaient pas de remplaçant. Et la quatrième…

– Putain, mais sérieux, vieil ours, tu peux pas t'empêcher de parler après moi. Tu la ramènes tout le temps… Tu sais quoi ? J'EN PEUX PLUS DE TOI, dit Ali.

Vu les montagnes de conneries qu'il débite à la seconde, heureusement que je ne lui laisse pas le dernier mot… On a gagné contre des équipes qui avaient des niveaux de jeu en dessous de la mer, et lui, il se prend pour le champion du monde.

Mais je lui laisse le dernier mot. Je le laisse même tout seul avec ses derniers mots.

J'en

peux

plus

de

toi.

Il n'a qu'à rester avec eux et apprécier leur compagnie puisqu'il adore tellement ses mots et que personne n'a le droit de parler dessus.

– Alors, les gars, on est copains comme cochons ? demande monsieur K en écrasant son gobelet vide.

– Oui, on répond d'une seule voix.

– Alors on y va. On joue dans dix minutes sur le terrain du milieu.

Je jette un coup d'œil à l'horizon en époussetant mon short.

18
Le quart de finale

Quand on débarque sur le terrain, on se dit que ce sera facile. Toute l'équipe adverse nous serre la main comme une bande de victimes qui croit qu'on va les épargner parce qu'elles sont polies.

Nos adversaires viennent du club de la Timone. Deux filles et trois mecs dont des jumeaux. Aussi semblables que deux gouttes de pluie venues du même nuage. Mêmes maillots tout neufs, mêmes tresses alignées sur la tête.

Je serre toutes les mains en regardant à côté. Les jumeaux restent près de moi à jongler en comptant les touches. Les filles et l'autre gars font des étirements. Je ne sais pas pourquoi, je les prends direct pour des pingouins sans talent. Peut-être parce qu'ils répètent : « Attention, change de jambe, tu vas te faire une élongation », « Mais non, ça va aller, t'es trop forte » et d'autres trucs invraisemblables.

Tout au bord du terrain, le long du grillage, il y a leurs parents dans tous les coins qui disent : « Allez, chaton, courage. » Comme j'ai l'impression d'entendre toujours la même voix, je jette un œil vers eux. Cerise sur le gâteau : tous leurs ancêtres, en plus de la même voix, ont la même tête et la même couleur de cheveux (ni brun, ni blond, ni roux, ni noir). Moi, je me dis, tous ces gens viennent de la même famille et j'essaie d'imaginer quelle blague ferait Fafa, mais l'arbitre siffle.

En deux actions, je comprends que je n'ai pas affaire à des pingouins, mais plutôt à des hyènes. Les jumeaux marquent Crésus à tour de rôle et le taclent comme des morts de faim.

Monsieur K nous a bien fait la leçon dans sa voiture à l'aller (les tacles et les marquages sont interdits au foot à 5), mais apparemment l'arbitre n'a pas lu le règlement cent fois comme monsieur K.

Après Crésus, les filles s'en prennent à Ali. De son côté, Crésus, même avec un troupeau de jumeaux, il réussit à s'échapper et à marquer. Je vois bien qu'Ali se retient de leur mettre un coup d'épaule. Mais après un jaune au match précédent, Ali peut dégager à la moindre erreur. Et à quatre, adieu les chances de victoire.

J'arrête des buts et j'en prends un, deux, trois. De l'autre côté du terrain, y a tellement de grabuge, de cris et d'agitation que je n'arrive pas toujours à savoir si les tirs sont dedans ou non.

Finalement, quand l'arbitre le plus inutile du monde siffle la fin du match, j'apprends qu'on vient de gagner 10-3.

Au moment de la ronde, Ali me murmure

à l'oreille : « Je te déteste, mais t'es un vrai goal. » Et moi je lui réponds : « Je te déteste, mais t'as gardé ton calme et t'as marqué. »

Là, Crésus dit sans se rendre compte que c'est drôle :

– À force d'esquiver ces deux jumeaux, je louche… je vois tout en double.

Pour la première fois, on rit tous en même temps. Même monsieur K, et il propose qu'on aille se baigner.

Monsieur K boit un autre café et garde nos affaires. Je nage un peu mais pas très loin, parce que les fonds marins, ça me fait super peur. Depuis toujours, je n'ai aucune confiance dans les requins et j'ai l'angoisse que l'un d'eux traîne pas loin.

Depuis tout à l'heure, le mistral s'est levé et, franchement, on grelotte un peu même si personne n'osera jamais le dire. Je crois que le froid nous aide à ne pas avoir peur de ce qui nous attend.

Dans deux heures, on joue la demi-finale

contre le club de Pravum, les Torpilles. Quand je demande à Solée s'ils sont forts, elle hausse les épaules. Puis elle fait un bruit avec ses narines et sa gorge. Pas un bruit de « Ça va aller », pas un bruit énervant d'Hermione qui gagne contre Voldemort. Un bruit de « On y pensera plus tard ».

TELLEMENT FOOT

DES BOUCANS DANS LA COUR DES GRANDS

Dans les odeurs de merguez et de sardines, ça s'échauffe sur le grand terrain coupé en deux à la rubalise !

Des terrains, il en faut pour accueillir toutes ces équipes à la Coupe de foot à 5 de Marseille ! Nos reporters sont venus voir la première demi-finale des moins de treize ans. Boucans de Belsunce d'un côté. Hilares, les cheveux mouillés de la baignade à la plage, ils s'échauffent en riant.

De l'autre côté, les Torpilles, moins connus que leur vitupérant entraîneur et président Eddie Pravum. De loin, les Torpilles ressemblent à s'y méprendre à des pros. Habillés en Nike de la tête aux pieds, enchaînement de mouvements réglé comme du papier à musique, précision et concentration maximales.

À la mi-temps, le scénario prévisible dès l'échauffement se déroule sans accrocs. Les Torpilles donnent une leçon de foot à des Boucans réduits au silence. Dans le jargon, on appelle la tactique employée par les Torpilles le « tiki-taka ». Le FC Barcelone sous les ordres du grand Johan Cruyff y avait recours. Mais si, rappelez-vous, le tiki-taka, c'est user ses adversaires à les faire courir. C'est exactement ce qu'ont fait les Boucans… Ils ont couru… sans le ballon.

Grâce à un gardien en or massif, les Boucans n'étaient menés que de deux buts à rien à la pause.

Sur le bord de la touche, Eddie Pravum, c'était du Guy Roux des grands soirs. On ne s'entendait plus tant sa colère était sonore… Joueurs houspillés, menaces à l'arbitre…

De son côté, l'entraîneur des Grands Boucans parle bas et doux. On voudrait être des souris pour entendre ses conseils. Ses joueurs et sa joueuse se redressent, se prennent dans les bras, on en aurait les larmes aux yeux… Il faut dire qu'à TELLEMENT FOOT on adore les outsiders.

« On adore les outsiders ! »

La seconde mi-temps nous offre un spectacle plus équilibré, grâce à des Boucans revigorés. Les voilà qui courent en direction de la cage adverse. Ils protègent leur gardien, moins exposé qu'en première mi-temps. Mention à leur joueuse (on ne connaît pas le prénom, mais il n'y en a qu'une, elle se reconnaîtra). Récupération, accélération, frappe qui finit sans prétention au fond des filets à la 17e.

Ça crie: « Bravo, petite meuf! » et nous on se dit: « Bravo, grande meuf! »

Ça réveille ses coéquipiers.

Un joueur (Ali, avons-nous cru entendre) nous gratifie d'une feinte de frappe enchaînée intérieur-extérieur et tir plat du pied dans le petit filet.

Du Thierry Henry version Belsunce.

2-2.

On est tous dedans quand l'arbitre siffle les prolongations.

Prolongation non concluante qui nous mène aux tirs au but.

Deux fois cinq tirs.

3 partout.

Les gardiens sont héroïques mais impuissants.

Le goal de Belsunce effleure la quatrième frappe mais ne peut rien contre ce poteau rentrant.

Arrivent les deux derniers tireurs.

Rappel du score : 4-5, balle de match.

Le meilleur buteur de Belsunce, Crésus, opte pour la force, envoie un parpaing sur la barre transversale et adieu la demi-finale.

On a le cœur lourd en regardant les Boucans faire leur sac.

Mais comme le foot ne mourra jamais, on ira les voir au City Stade de Belsunce pour la petite finale dimanche prochain contre le Sporting Air Bel.

Envoyé spécial à Marseille –

Mathieu Laclic

19
La meilleure place

– C'est con que tu ne puisses pas venir, papa…

– Oui, je suis déçu aussi, mais… je me fais remplacer, répond mon père.

Il croit qu'il va s'en tirer comme ça ?

Avec un clin d'œil tout pourri et ma mère comme supporter remplaçante ?

– Attends… c'est la base de la base que maman vienne voir la petite finale. C'est au City, ça dure deux fois dix minutes. Khadi sera là avec tous les gens qu'on connaît sur la terre. C'est pas la mer à boire par le nez non plus ! L'équipe de la Timone, je vous signale qu'ils sont venus avec tous leurs cousins la semaine dernière ! Y avait des supporters partout derrière le grillage.

Fafa ça l'a bien fait rire ce que je lui ai raconté. Il a développé le meilleur sketch de sa vie. On l'a appelé *Cousinade au stade*.

– Ah oui ? Et leurs grands-mères, elles font le déplacement aussi ? lance une voix dans les escaliers.

– Mémééééééééé !

Mémé chou avec ses lunettes noires sur le nez, son foulard antimistral pour protéger sa coiffure du vent, ses talons, ça vaut mon père.

Je descends les escaliers quatre à quatre. Je déteste les câlins (on sait quand ça commence, on ne sait jamais quand ça s'arrête), mais mémé chou, c'est vraiment la best.

– Et pépé ?

– Il t'embrasse, je lui ferai une vidéo. Tu m'excuses, je file dans les gradins me prendre la meilleure place.

– Si tu la joues à pierre-feuille-ciseaux, ne les laisse pas te faire le coup du puits !

– T'inquiète, je ne suis pas née avant-hier. Et toi, chéri, fais au mieux.

– Promis.

Je promets, mais ça me fait mal au ventre. Faire au mieux, c'est comme faire un câlin, on sait quand ça commence mais pas quand ça s'arrête…

Papa me murmure à l'oreille :

– Quand on est goal, on est seul et on décide pour soi. N'aie pas peur de ton instinct. Oublie ce qui se passe autour du terrain. Ton monde pendant vingt minutes, c'est le terrain. Tu as tes gants ?

Hier soir, papa et maman m'ont offert un vieux morceau de cuir qu'on a cousu sur mes gants. C'était un petit rectangle en forme de terrain récupéré sur les vieux gants de papa. Dessus, ils ont écrit à l'encre :

GARDIEN, LA MEILLEURE PLACE

Mon sac sur le dos, je descends les marches. J'essaie de ne penser à rien. D'éviter à tout prix l'image de Pravum allumant son cigare la semaine dernière à la fin du quart de finale. Ce sale mec a soufflé sa fumée au visage de monsieur K.

Je dois éviter de penser aux conséquences d'une défaite contre le Sporting Air Bel. Si on perd, on perd tout, on est quatrième, la pire place. On perd la possibilité de jouer en championnat en janvier, et celle de nous entraîner sur un vrai terrain.

Il faut y penser et l'oublier en même temps, sinon le cœur bat trop fort pour qu'on joue bien. C'est ce que Solée m'a écrit hier soir.

Monsieur K est déjà présent avec son filet de ballons. Les autres aussi. Et tous les supporters. Tellement nombreux que sur le coup, quand je les vois, je me demande s'ils sont venus pour nous.

Mais oui, tout le monde est là pour nous. C'est écrit sur leurs joues : FC BOUCANS. C'est même écrit sur le mur !

Au-dessus du tag BELSUNCE qui orne le mur de pierres est apparu à la bombe un petit *Boucans de*.

– Nous sommes les Boucans de Belsunce et nous allons gagner, dit monsieur K. Il y a pas de vestiaires mais imaginez des murs et personne autour. Ce que je vais vous dire est un secret.

Crésus hoche la tête. Ali et Ilyès serrent les dents. Et Solée-Hermione répond :

– Vas-y, monsieur K, on t'écoute.

– On a besoin de gagner. Je vous le dis tout net : on s'en fout de participer quand on est bons comme nous. Crésus, tu joues pour ta poire, c'est pas le jour à faire des passes pour être sympa. Même si on mène 9 à 0, tu fonces.

Boucans de BELSUNCE
FC
Boucans
Momoprix
Belsunce

T'as droit à un ou deux coups d'épaule si on te bouscule ou qu'on te serre le maillot. Si tu prends un carton jaune, tu ne bouges plus une oreille, OK ? Ali, idem, sans les coups d'épaule. Ilyès et Solée, vous défendez. Personne ne passe, je veux deux personnes en permanence devant notre but. Vous récupérez et vous renvoyez vers Ali et Crésus, mais vous ne remontez pas trop haut. Solée et Ilyès, regardez bien votre goal : vous le protégez. Pigé ?

Solée me regarde en retenant sa respiration, Ilyès aussi. J'essaie de leur dire un truc avec les yeux, mais tout ce que j'ai à dire, c'est que j'ai peur.

– Et mettez ça, dit monsieur K en nous tendant des maillots.

On enfile nos maillots FC Boucans. Ils sont beaux, ils sentent le narguilé à la vanille, et en petit, il est écrit :

Sponsor
MOMOPRIX BELSUNCE

Les joueurs du Sporting Air Bel, on dirait nous avant que Momo nous paie des maillots. Ils ont l'air aussi stressés que nous, je le sais parce qu'ils rigolent mais que ce n'est pas un rire vraiment amusé. C'est un rire tout crispé qui vient de la gorge.

Je les envie un peu d'être incognito…

Pour nous, des dizaines de gens sont venus des autres rues du quartier. Des fenêtres de notre immeuble dépassent des têtes de supporters et une énorme banderole :

BANDE DE BOUCANS

Je file vers la cage, je m'échauffe tout seul. Je ne peux rien entendre, pas parler. Je vais vomir, mais c'est pas le mal de cœur. C'est cette putain de trouille qui rampe partout le long de mon corps. Je voudrais que ce soit fini et je voudrais aussi que le match ne commence jamais.

Coup de sifflet.

Ça chante : « Allez Belsunce, allez, allez, allez ! » Solée et Ilyès gardent les cages avec moi. Rien ne rentre, personne ne peut approcher. Franchement, ce n'est pas palpitant comme match, parce que le Sporting Air Bel a l'air d'y tenir aussi, à cette victoire. Face à leur but, une autre muraille se dresse, une muraille de défenseurs.

Mi-temps.

Au centre du terrain, pas de monsieur K… On passe des semaines à essayer de l'éviter, et le jour où on a besoin de lui il est introuvable.

Khadi débarque sur le terrain.

– Bon, les gars, c'est pas la joie… Zizou vient de faire une crise cardiaque. C'est Momo qui le gardait, mais il s'est mis à suffoquer et à aller mal. Monsieur K est parti à la clinique vétérinaire.

– On fait quoi ? demande Solée.

– J'en sais rien. Vous gagnez.

Là, croyez-moi ou non, mais c'est la

vérité, Bigsam se ramène sur le terrain. Avec sa dégaine de d'habitude, comme s'il était dans son salon. L'arbitre se dirige droit sur lui comme pour lui coller le carton de sa vie.

– C'est votre entraîneur ? Où est passé votre entraîneur ?

– Monsieur K a un souci, enchaîne Solée.

– Il faut un entraîneur, c'est écrit dans le règlement. Sans entraîneur, vous déclarez forfait. Sans entraîneur, pas de petite finale.

– C'est moi l'entraîneur remplaçant, dit Bigsam du bout de ses dents de devant en or.

– Vous avez la procuration ? demande l'arbitre en reculant.

– Oui, dans ma poche, dit Bigsam en tâtant sa poche. Tu la veux ?

Franchement, rien n'est drôle :

Ni le score (0-0, mais ça ne va pas durer).

Ni la santé de Zizou.

Mais la tronche de l'arbitre, qui croit que Bigsam va sortir un fusil de sa mini poche de survêtement, elle est bien marrante.

Avec sa tête de constipé, il nous dit :

– Je vous fais confiance.

– OK, super, laissez-moi avec mes joueurs et ma joueuse, dit Bigsam.

Khadi reste avec nous :

– Franchement, les gars, franchement, Solée, on s'ennuie. Je sais pas ce que vous pouvez faire, mais réveillez-vous et réveillez-nous.

– Elle a raison, la dame, dit Bigsam. Moi, je suis pas entraîneur, mais je vous conseille de jouer. Vous êtes pétrifiés. Les défenseurs, relayez-vous. Votre goal est pas en sucre.

– T'es en sucre ?

Je respire et je réfléchis. Les larmes me montent aux yeux. Si elles coulent, je vais fondre. Parce que je suis en sucre, mais personne ne doit le savoir.

– Non, je ne suis pas en sucre.

– Ne jouez pas avec trois goals. Le vieux avec son chien, s'il était là, il dirait pareil que moi. Chacun reprend sa place sans oublier de défendre. Regardez-vous et parlez. Vous voulez que je reste sur le terrain pour vous aider ?

– C'est ton terrain, frère, répond Solée.

Coup de sifflet, changement de côté. Bigsam, au bord du terrain, braille plus fort que monsieur K. Je ne sais pas s'il le fait pour déconcentrer les adversaires, mais ça marche.

– Allez, les Boucanossss, faites-le pour le vieux, faites-le pour Zizou !

Le temps que les joueurs adverses perdent un quart de seconde de concentration, Crésus récupère le ballon et envoie une mine venue de très loin.

1-0.

Dégagement raté de leur gardien intercepté par Solée qui marque.

2-0.

Ilyès reste près de moi, il empêche des tirs, il s'interpose une, deux, trois fois.

Bigsam continue à crier :

– Jouez, jouez ! Lâchez le grizzli !

Et boum, le temps de tourner la tête vers Bigsam pour lui dire que j'ai entendu, que je suis prêt à être seul, je prends un but. De pas grand-chose, un ballon qui me frôle la main mais passe la ligne.

Je me mords l'intérieur de la bouche et je dégage loin, fort et propre, bien au-dessus des têtes des joueurs, et ça arrive sur Ali qui la dégage et marque.

Concentration-concentration.

3-1.

Ça s'excite dans tous les sens, il reste trois minutes, guère plus. J'arrête deux tirs. J'en prends un.

3-2.

Ilyès reste devant.

Plus qu'une minute.

– Vas-y, frère, va aider devant ! Je garde la maison, je dis à Ilyès.

Je le regarde remonter le terrain, foncer,

intercepter un ballon, planter un but. Je caresse le rectangle sur mon gant.

4-2, l'arbitre siffle.

On a gagné.

Je reste une minute dos au terrain, accroupi, la tête dans les bras. Je crois que je tremble un peu. Je n'ai pas envie de quitter ma cage, de rejoindre le monde.

Les voix dans les gradins arrivent à mes oreilles. J'entends mémé chou, j'entends Fafa qui lui fait le sketch du supporter. Je sens même une odeur de cigare qui me sort de mon monde. Je me précipite dans les gradins. Pravum est là ? Je suis grand, je vois tout le monde. Je vois des gars et des filles de ma classe, je vois une mini personne qui ressemble à Solée, 9 chances sur 10 pour que ce soit sa sœur. Je vois ma mère qui sourit tellement que je crois que ça va aller. Mais pas de Pravum.

FC
Boucans
Monoprix
Belsunce

Je raccompagne mémé chou jusqu'à la gare Saint-Charles. Je m'agrippe à son bras parce que mon corps est un feu de forêt qui se propage.

– Ton train part voie K, dans trois minutes. Tu n'as rien oublié ?

Je dis ça parce que mémé, elle est du genre tête en l'air. Elle perd toujours ses clés, ses billets de train, ses outils pour jardiner.

– Je suis venue les mains libres, fils. Mais tiens, un monsieur m'a donné ça pour toi.

Je prends le morceau de papier et, sans le lire, je vois ce qu'il a à dire. C'est une carte de visite de Pravum.

EDDIE PRAVUM

IMPRÉSARIO MARSEILLE
ET TERRE ENTIÈRE

☎ 06 05 04 03 02

Je m'assois sur les marches de la gare dehors. J'ai mal aux poignets, mal à la tête, mal aux jambes, mais plus mal au cœur.

À la fin du match pendant la ronde, Solée m'a pris la main. Dans ma paume, elle a fait une caresse, un truc rapide mais elle l'a fait deux fois. Je sais bien qu'elle l'a fait exprès. Plein de gens m'ont déjà donné la main et personne ne l'a jamais touchée comme ça.

Je pense à Solée, à sa main, quand mon téléphone vibre.

Message de monsieur K sur le groupe de discussion Bande de Boucans.

Zizou vivra, le véto l'a réparé.
Rendez-vous chez Momo dans dix minutes
pour que vous me racontiez cet exploit.

TEST

ES-TU FAIT POUR LA CAGE ?

Question n° 1
Un verre de vin tombe sur la nappe blanche, tu es du genre à...

□ le rattraper avec les mains
○ le rattraper avec les pieds
△ le regarder tomber

Question n° 2
La réputation, c'est...

□ primordial
○ ça va, ça vient
△ ma réputa… quoi ?

Question n° 3
Tu n'as pas...

△ de mental
○ de patience
□ d'humour

Question n° 4
Si tu étais une bestiole, tu serais...

○ un guépard
□ une araignée
△ un renard

Question n° 5
Au-dessus du soleil, il y a...

○ le Ballon d'or
□ le respect de Dieu et de tous les attaquants
△ une piscine de billets verts comme chez Picsou

RÉSULTATS

Si tu as plus de...

□ **Tu seras un goal, mon fils**

Réactivité, don de soi, patience, voilà de quoi tu es fait.
Tu as l'âme et l'étoffe d'un gardien.
En soixante-cinq ans de Ballon d'or, un seul gardien l'a remporté.
Prêt pour la relève ?
À toi la gloire, la moulaga et les voyages en première classe.

○ **Tu seras un joueur de champ**

Tu as les réflexes, la niaque, maintenant entraîne-toi jusqu'à devenir indispensable sur le terrain.

△ **Tu seras remplaçant...**

Pas assez de mental et trop de rêves de gloire.
Fils, avant de briller, il faut savoir jouer.

De la même autrice à *l'école des loisirs*

Collection Neuf

Danse avec les choux
Amour, gloire et ballet
Mia, les loups et moi

Série Bande de Boucans

Solée contre tous

Collection Médium

Des yeux bleu trottoir

Collection M+

La soupe américaine